かいぜん！
異世界コンサル奮闘記

KAIZEN!

consultant's log of struggles
in
another world

秦本幸弥

YUKIYA HATAMOTO presents

TOブックス

cotents

consultant's
log of struggles
in
another world

イラスト：堀 泉 イ ン コ
デザイン：川谷康久（川谷デザイン）
「用語集」ほか本文データ制作：TOブックスデザイン室

第一章　パスタレストラン編

KAIZEN!

consultant's log of struggles in another world

「はぁ。今日も閑古鳥か……」

誰もいない客席に座り、頬杖をつきながら、その店の給仕であるサラは大きなため息をついた。

ここはマドリー王国のとある地方都市にある、パスタを中心としたメニューを提供するレストランである。

今はランチタイムの真っ最中。こじんまりとした店内にある六つのテーブルには客がひしめき合い、ひっきりなしに注文の声が飛ぶ賑やかな状況が繰り広げられている……のが理想であるが、店内を見渡しても客は一人もいない。

ランチタイムだけならまだしも、ディナータイムもこのような有様である。

「もう、暇で死にそう」

サラは、真っ赤な髪を白く細い指で弄《いじ》りながらそうつぶやく。気の強そうな碧《あお》い眼からも、細く小柄な体からも力が抜けてしまっている。

そんな状況が開店以来ずっと続いている。いや、開店直後だけは近所の人が来てくれた。しかしすぐに物珍しさも無くなったのか、客足はあっという間に遠のいていった。

ごくわずかの人は常連になってくれているものの、それだけでは店は回らない。

頼みの綱である新規客は全然増えてくれない。たまに来る見ない顔は行商人だったり旅の人がほとんどで、常連になってくれるわけではない。

もちろん経営は火の車である。食事もここ一ヶ月は残り物しか食べていない。

家族経営なので、業績が悪いと家庭内も毎日ピリピリとした空気になってしまう。先日は仕入代金の支払いで両親が夫婦ゲンカをしていた。思い切って大銅貨三枚もするスープを無料でセットサービスにしたのが原因のようだ。

「何とかしなきゃいけないのに」

焦りはするものの行動には起こせない。

まだ十四歳のサラには何をどうしていいか分からないのだ。いろいろ考え一時は店内に花を活けていたのだが、経費を理由にそれもできなくなってしまった。

従って、彼女ができるのは来店してくれた客に笑顔で接客することだけである。しかし来店客のいない今、それすらすることができない。

一緒に給仕をしていた母ミレーヌは、とうの昔に店の手伝いをやめてしまっている。

「何でかなぁ。お父さんの作るパスタ、すっごくおいしいのに」

サラの父アロルドはローマリアン帝国で二十年間料理人として研鑽《けんさん》を積み、一年前に故郷であるこの地に念願の店を構えた。その腕は宮廷料理人にならないかという誘いがあったほどであるが、アロルドは自分の店を経営することにこだわったのだ。

トマトベースのソースに帝国産の輸入バジルをふんだんに使用したトマトバジルパスタが一番のオススメであり、それはサラの大好物でもある。

二十年来の夢が実現できるとあって、アロルドはかなり張り切って店づくりをした。

立地は、街の中心にある交差点からほど近い住宅街を選んだ。閑静な住宅街とは真逆で人通りの多い活気のある通り沿いである。地面には整然と石畳が並んでおり、周辺には小ぶりの建物が所狭しと並んでいる。

建物は予算の都合で妥協して小さなものとなったが、外装にはこだわった。自ら大工に指示を飛ばしイメージと違えば壊してやり直しをさせた。

黒を基調とした壁には三十センチ四方の小ぶりな窓が四枚ついている。窓にはこの世界では高級品である薄緑色のガラスがはめ込まれている。

重厚感のあるオークでできた扉の上に、小さく『アロルドのパスタ亭』と店名が入ったプレートがついている。一言で言うならばその佇まいは「お洒落」そのものである。周辺の建物は外壁こそ赤や緑など明るめの色で塗装されているものもある。しかし、窓には板がはめ込まれていたりドアも外壁と同じ素材で飾り気がないのだ。

「んーーっ」

サラは声を出しながら両手を頭の上にぐっとやり、伸びをする。真っ赤なポニーテールが少し揺れる。ずっと何もしないのも、それはそれで疲れるものだ。

ふぅ、と息を吐きつつ目を小さな窓の外にやる。住宅街から市場へとつながるこの道は、人の往来が多い。馬車や多種多様な人々が行き交っている。

「この中の百人に一人でも来店してくれたらなぁ」

そんなことを考えていると、サラよりも背が頭一つ高そうな黒髪の青年が店の前で行ったり来たりしているのが目に留まる。旅の人とも冒険者とも違う小ざっぱりした服装は、商人のようにも見える。

「あら、お客さんかしら」

サラは窓の外の様子を窺いつつその場から立ち上がり、給仕服である白と黒のエプロンドレスを整え、来店客を迎え入れる用意をする。

「黒髪の人なんて、珍しい」

青年は店の前をうろうろとしながら、時おりその小さな窓から店内を覗くようなそぶりをする。ちょっと怪しい。サラが少しだけ緊張感を持ったその時、青年は意を決したのか一度頷いた後、ドアに手を伸ばした。


ガチャ……ギィ。

重厚な音が静かな店内に響く。

小さな窓ゆえの薄暗い店内に明るい光が差し込む。

不安を隠すように精一杯元気な声でサラは挨拶をする。

「いらっしゃいませ！」

青年とサラの眼が合う。真っ黒な青年の瞳が一瞬見開かれたような気がしたが、サラはそれに気づかない。少しだけ間が空いた後、青年が口を開く。

「あ、すいません、ここって料理屋さんですか？」

「はい、そうですよ」

「バジルの香りがしたんだけど……」

「あっ、はい！　ここはトマトバジルパスタがオススメの『アロルドのパスタ亭』です」

「おっ、やっぱりおいしそうな香りの元はここだったんだ。それをご馳走になるよ」

「はいっ。ではお好きな席にかけてお待ちください！」

そう言い残すと、サラは「強盗じゃなくてよかった」と安心しながらパタパタと急ぎ足で厨房へ向かう。

青年は厨房に一番近い席に座ると、店内に入り一層濃くなったその香りに目尻を下げる。

ほどなく厨房から声が聞こえてきた。

「お父さん、お客さんだよ！」

「うん？　何だ、聞こえない！」

「だ・か・ら、お客さんだってば！」

「お、おう！」

「トマトバジルパスタ一人前、よろしくね！」

「あいよ」

(この時間に客は僕一人か。お洒落な店構えだったし、入るのに勇気が要ったな。でもこのバジルの香り、友達のやってたパスタ屋さんを思い出させるし、期待大だ。それに今の娘、可愛かったなぁ。一瞬ドキッとしちゃったよ)

そんなこんなを考えながら窓の外を行き交う人々や馬車をぼうっと眺める。光の加減で外からは店内が見えなかったが、その逆はよく見える。

剣を下げた冒険者らしき人、ローブを身に纏《まと》った魔法使いらしき人、魔物を連れたテイマー、騎士、商人、子供、多様な人々が喧騒を織り成している。

「本当にいろんなことがあったなぁ」

この世界に来てから半年、この街へは昨日着いたばかりである。ふぅ、と息をつきながら青年はこの半年間で身に起こったことを回想する。

青年の名は松田幸助《まつだこうすけ》という。

その名が示す通り生まれは日本、育ちも日本である。海外なんて行ったことはない。それがなぜ聞いたこともないような名前の国にいるのか。その理由は半年前に遡《さかのぼ》る。


「あ、召喚できちゃった」


それが幸助がこの世界で初めて聞いた言葉である。

さっきまで東京の経営コンサルティング会社でいつものように深夜残業をしていたはずであった。それが気づいたらレンガ造りの古びた部屋の中におり、目の前には薄汚れた白衣を着た、推定三十歳くらいの女性がいたのだ。

後で聞いた話だが、この女性はフレン王国という国の筆頭魔法研究者だそうだ。禁書庫でたまたま発見した召喚魔法を探究心の趣《おもむ》くままに試したところ、運悪く幸助が召喚されてしまったのだ。

「ごめんね。還《かえ》す方法は見つかってないの」

召喚されたものの、幸助は魔法が使えるわけでもなければ剣の才能もなかった。国は無責任に召喚してしまった幸助の処遇を決めかねていたのだ。そこで幸助は召喚したことを不問とする代わりにこの世界で自由に生活できる保障を要求した。

それが認められ、国からいくらかの謝罪金と市民権をもらうこととなった。

果たして幸助は異世界で自由な時間とお金を得た。そして悩んだ末、会社の奴隷として働いていた時には実現することのできなかった夢である旅に出ることにしたのだった。

文化や文明の違いに戸惑いつつも持ち前の柔軟さでそれを吸収し、何となく決めた方角——西へと足を進めて半年。国境を越え、たどり着いたのがここマドリー王国のアヴィーラ伯爵領であった。

マドリー王国はトマトやワインの名産地である。

この世界では物流が発達しておらず、食べ物もワンパターンになりがちだ。毎日、オートミールと野菜の和え物ばかりでフレン王国での単調な食事に飽き飽きしていた幸助は、マドリー王国の豊かな食材に胸をときめかせたのだった。

温暖な気候で生活もしやすいと住民からの評判も上々だ。


「お待たせしました。当店自慢のトマトバジルパスタです！」

元気のいい声に幸助は回想から連れ戻された。

コト、とテーブルの上に置かれた白い器には、燃えたぎるように真っ赤なソースに絡められたパスタが湯気を上げ、濃厚な香りを辺りにふりまいている。

ところどころ緑色のバジルが彩を添えている。

トマトとバジルの香りが鼻孔をくすぐると、お腹の虫がきゅぅと鳴り「早く食べろ」と催促をする。

「こちらはサービスのオニオンスープです。ではごゆっくり」

テーブルの上にサービスのスープが入ったカップを置くと、サラは厨房へ戻っていった。

「いただきます」

フォークを手に取りパスタを巻き、口へと送り込む。こちらの世界でも食事は欧米と同様のナイフとフォーク、そしてスプーンで食べる。

（うまい！　これは完全なイタリアンだ。トマトの酸味とバジルの風味だけじゃなく、オリーブオイルとニンニクも効いてる。シンプルだがうまい。素材そのものがいいのか？　もしかしたら今まで食べたトマトソースパスタの中でも最高ランクに入るんじゃないか）

思いがけず訪れた幸せなひと時を幸助は味わう。しかし、満ち足りた時間はそう長くは続かなかった。一度食べ出したら手が止まらない。

あっという間にパスタを食べきった幸助は余韻に浸りつつも残念そうにフォークを置くと、左手にカップを取りスープを流し込む。

このスープも悪くないと幸助は思う。飲みなれたコンソメスープの味だ。この世界では贅沢品と聞いたベーコンも少量ではあるが入っていた。

最後のスープをゴクリと飲み干すと、「ごちそうさま」と手を合わせる。

「ふう、おいしかったなぁ。良い素材を使ってそうだもんな」

そうつぶやくと同時に頭の中に、はたと疑問が湧き上がる。それを確かめるため、給仕であるサラを呼ぶ。

「ねえ、お嬢さん」

「えっ、ハイ！　今行きます」

パタパタと音を立ててサラがやって来る。

「すごくおいしかったよ。トマトバジルパスタ」

「でしょ。うちの自慢ですもの！」

そう言いながらサラは小さな胸を張る。「エッヘン」という声が聞こえてきそうである。


「で、気になるんだけど、このパスタって相当に値段が高かったりするんじゃないの？」

そう、匂いにつられて店に入った幸助は、値段を確認せずに注文してしまったのだ。

これだけの味付けはここ半年間出会ったことがない。それだけいい素材を使っているのかもしれない。店構えもお洒落である。

この世界にはぼったくりも当たり前のようにある。流行ってない理由はその価格にあるんじゃないかと考える。

「いいえ、大銅貨八枚ですよ」

「それってこの辺の相場？　この街に来たばかりでよく分からないんだけど」

「はい相場内です。どこもランチは大銅貨六枚から十枚くらいですね。それにウチでは先月からは無料でスープもつけてるからかなり安い方だと思いますよ」

この世界の通貨は金貨・大銀貨・銀貨・大銅貨・銅貨で構成され、それぞれ十倍刻みで換算する。ちなみに銅貨一枚は日本円で十円くらいのイメージだ。もっとも、日本とは物の価値も違うので、一日にかける食費で換算した場合であるが。

「うーん、値段が高いわけじゃないのか」

幸助は腕を組みながら考える。

（そうするとやっぱり外装のせいで敷居が高いのが原因か。正直入りづらかったもんなぁ）

「どうかされましたか？」

「いや、ね。余計な話かもしれないけど、こんなにおいしいのに何で閑古鳥が鳴いてるのかな、と思って。てっきり価格が高いからだと思ってたよ」

「そうじゃないんですけどね。どうしてなんでしょう。実は、すごい悩みだったりします」

趣味でやっているから来店客は少なくてもいい、という店主をたまに見かけたことがあったので、幸助はこのパスタレストランもその類なのかと考えたが、どうやらそうでもないらしい。

「毎日こんな感じなの？」

「はい。恥ずかしながら……」

寂しそうに目を伏せるサラ。

そんな姿を見た幸助の心には、可愛い女の子の力にならねばという気持ちが湧き上がる。

幸助が日本で就いていた仕事は、経営コンサルティング業である。

実家が都内の魚屋だった幸助は、小さな頃から夏休みなどに手伝いを通して経営というものに触れていた。当初は魚だけで成り立っていた商売。時代の変遷《へんせん》とともにオフィスビルが増えると、魚を買う一般家庭が減少。店は危機に陥った。

しかしある日、機転を利かせた祖母は弁当を扱うようになる。魚屋という強みを活かし、おかずは七輪でじっくり火を通した焼きたての魚だ。これが近隣に勤める人々に好評となり、店を立て直す起爆剤となったのだ。

「時代は変わるのさ。商売もそれに合わせなきゃいかんのだよ」という祖母の言葉は今でも心に残っている。

経営に興味を持った幸助は、就職先に経営コンサルティング業を選択。就職後は多くの店の経営改善に携わってきた。

「あ、すみません。こんなことお客さんに話すことではなかったですね」

「ううん、全然。僕の方から聞いたことだし。それでね、えっと……」

「私、サラって言います！」

解決できる方法があるかもしれないよ、と切り出そうとしたら突然名乗られた幸助。名乗ってもらったのだからと、合わせて自己紹介をする。

「それじゃサラ、僕は松田幸助。幸助って呼んでね」

「はい！　コースケさん」

「それでね、サラ。もしかしたらこの問題を解決できるかもしれないんだけど」

「えっ！　ほんとですか‼」

身を乗り出してその言葉に食いついてくるサラ。キラキラの碧い目から盛大な期待感が伝わってくる。

「え、えっとね。このお店はサラとお父さんの二人で切り盛りしてるのかな？」

「はい、本当はお母さんも手伝ってくれていたんだけどこの有様で。今は内職をしてるの」

「そうか、そうしたらお父さんを呼んでもらってもいいかな？」

「うん！　ちょっと待っててね。呼んでくる！」

またパタパタと厨房へ走り去るサラ。その後姿を見て、小動物みたいだなと独りごちる幸助。

「何だ、何の用だ？」

厨房からのそのそとガタイのいい男性がやって来る。いかにも『職人』という顔立ちだ。年の頃は四十代半ばであろうか。茶色の髪に少しだけ白髪が混ざっている。腕は太く、多くのフライパンを振ってきたという印象が伝わってくる。

「お父さん、もう、ぶっきらぼうなんだから。この方がコースケさんだよ」

「初めまして、松田幸助と申します」

「で、何だって？　アンタが俺の店を繁盛させてくれるっていうのかい？」

一歩幸助に近寄り、凄んでくるアロルド。

（何でこんなゴツイ人から小動物みたいに可愛い娘が生まれるんだ？）

そんなことを考えながらも幸助はアロルドに宣言する。

「あなたのお店、僕が流行らせてみせます！」

声も高らかにそう宣言した幸助。

困っているんだから受けてくれるだろう。絶対の自信を持ってアロルドの返事を待つ。

（こっちに来てから目的もなくダラダラしっぱなしだったからな。もしかしたらこの世界での自分の存在価値ができるのかもしれない）

毎日仕事詰めだったのが、召喚されたことにより突然やることが無くなってしまった幸助。家族や同僚とも会えなくなってしまった。

召喚直後は帰ることができないと知らされても、なかなか踏ん切りがつかなかった。宛てがわれた部屋に閉じこもり、自分のことを日本の誰かが探し出してくれるんじゃないかと思うことが幾度もあったのだ。

やりかけの「まんじゅうプロジェクト」の行方も気になる。無責任に放り投げたと思われるのはプライドが許さない。

時間が経ち、ようやく現実を受け入れられてからも、幸助はどこか心の中で壁を作っていた。だからまだこちらの世界に来て、友と呼べる人もできていない。しかし幸助は基本的に寂しがり屋である。従って現在、絶賛人恋しいモードに入っている。サラと仲良くしたいなという下心を抱いていないと言えば嘘になる。

「断る」

「はい、ではその解決法……えっ⁉」

「だから断ると言っている」

「ちょっと、お父さん！　何言ってるの？　お客さんが増えるってコースケさんが言ってるんだよ！」

サラは黙っていろ、と言いながらアロルドは続ける。

「何バカなこと言ってんだ。料理一筋二十年の俺の味でもこんな有様なんだよ。お前みたいな若造に解決できるわけねえだろ。

だいたい、このソースは俺が十年以上かけて完成させたものだ。味を変えるつもりなんて毛頭ねえぞ。帰った帰った」

「ちょ、まっ、待ってください！」

アロルドは幸助の背中を押し、ドアへと誘《いざな》う。

「ちゃんとパスタの代金は払ったか？」

「お代はまだ払ってませんが、まずは話だけでも聞いてくださいよ。こんな素晴らしい料理を眠らせておくのは国にとっての損失ですよ！」

幸助がそう言うと、背中を押していたアロルドの手がぴたっと止まる。

そう、アロルドは味を変えるつもりはないと言っているが、幸助もまた同じ意見である。それどころか、この世界で食べた料理の中で一番美味いとすら思っているのだから。

「お前、今なんて言った？」

「で、ですから素晴らしい料理を眠らせておくのは国にとっての損失、と」

恐るおそる繰り返す幸助。ゆっくり振り返ると、アロルドの顔から険しさがみるみる消えていくところだった。

「国にとっての損失？　お前は俺の料理をそこまで評価してるのか？　ワハハハ、そうならそうと最初から言ってくれよ」

今度はバシバシと幸助の背中をたたく。

「コースケと言ったっけな。俺はアロルドだ」

「アロルドさん、せ、背中、痛いです」

「すまんすまん。そこまで評価してくれると嬉しくてな」

そう言うとアロルドは真面目な顔になる。

「だが、店舗経営の技術というのは門外不出というのが相場だ。それを教えるなんて高い金を請求してこないだろうな。第一、ウチには支払える金なんてねぇぞ。材料費すら支払いをツケで延ばしてもらってるんだからな」

「お父さん、ちょっと情けない」

ガクッと項垂《うなだ》れるサラ。

「そこは安心してください。報酬はいただきますが繁盛してからで結構です」

幸助が日本で勤めていた会社は、売上が減少して困っていたり、新規事業を始めたいがノウハウを持っていないといった店が顧客となる。現状の悩みを聞き、改善プランを立案し、店と二人三脚で問題解決に取り組み、利益向上を目指す。これが基本スタイルである。

報酬の支払いは、着手金＋成功報酬というプランが人気であった。ちなみに全額後払いはない。どう結果が転ぶか分からないことは、やはり後払いが安心できる。

今の幸助にはフレン王国からもらった謝罪金がある。まだ優に一年は暮らせる金額が残っている。よって生活するには問題ないため、完全成功報酬プランを提示したのだった。

「何か裏がありそうだな。いや、いい。それならまずはお前の意見を聞こうか。いいか、まだ頼むって決めたわけではないからな」

そう言うとアロルドはドアを開け、店名の入ったプレートを裏返す。営業時間外を示すサインだ。

「コースケさん、ここに座ってください」とサラが先ほど幸助が食べていた席の隣のテーブルへ案内する。遅れて幸助の正面にアロルドが座る。

サラは「お茶入れてくるね」と言い残し、幸助の食べ終わった食器を手に取るとパタパタと厨房へ入っていった。

「はい。では現状の問題点を説明します。まず、味についてですがこれは全く問題ありません。というか、今までの人生の中で一番おいしいパスタでした」

「な、何だ。面と向かって言われると照れるな」

目を逸らしポリポリと頬をかくアロルド。

「ところで質問なのですが、このお店に常連客はいますか？　そうですね、ひと月に二回以上来てくれているお客さんのことです」

「おう、もちろんいるぜ。隣の奥さんなんか週に一回はトマトバジルパスタを食べないと落ち着かないって言ってくれてな」

「ということは、味は受け入れられているという何よりの証拠ですね」

「そういうことなのか？　俺はてっきりこの地方の人に受け入れられない味なのかもしれない、と思っていたんだが。違ったのか？」

「はい。問題は別なところにありますね」

（アロルドさん興味を持ってくれたみたいだ。懐柔《かいじゅう》作戦はひとまず成功かな。そろそろ核心へ掘り下げるか）

お茶の用意ができたようでサラが盆を手にして戻って来た。幸助とアロルドそれぞれの前にカップを置き、自分用のカップをアロルドの隣に置くと、その席へ腰かける。

「このお茶もアヴィーラ伯爵領の名産品なの」

「へぇ、おいしそうだな。いただきます」

ズズズッとお茶を啜《すす》った後、幸助は話を再開する。

「味が問題ではないということは今お話しした通りです。では、何が問題か分かりますか？」

「全然分からん。味以外のことは考えたこともなかったからな」

即答したアロルドが隣を見るとサラも分からないと首をかしげる。

しばし考えたのち、思い出したようにアロルドがポロっと言葉をこぼす。

「ああ、そうだ。値段かもしれないな。先月近所にカフェができてな。そこのランチは大銅貨五枚って値段だったぞ」

「そうだったね、お父さん。それがきっかけでスープの無料サービスを始めたもんね」

うんうんと頷きながらサラが続けた。

「そう、スープがついてましたね、パスタに。実はこれも経営を苦しめる要因の一つだったかもしれませんよ」

幸助がそう言うと、とたんにアロルドの表情が険しくなる。

「何だって、お前はスープは美味くなかったって言うのか！」

「い、いや、そういうことではないですよ。スープもおいしかったです。しかも高級品であるベーコンまで入ってましたし」

「何だ、紛らわしい言い方をするなよ。やっぱりお前は味の分かるやつだな。ははは」

本当に職人気質《しょくにんかたぎ》だなと思いながら、幸助は今後の発言に注意しようと気を引き締める。

「スープは通常いくらで提供しているものですか？」

「ええと、大銅貨三枚ね」。アロルドの代わりにサラが答える。

「ということは、実質パスタの価格は大銅貨五枚ってことで、近所のカフェと変わらないということになりますよね」

「そうなるのか？」

「はい、実質は。ということは、値段の問題でもないんです。サービスした結果、客数が伸びていないならば、逆にスープのサービスは原価向上の要因になっていたんですよ。

おそらくですが、隣の奥さんはスープのサービスが無くても毎週通ってくれたと思いますよ」

「ああ？　そんなもんか？」

「断定はできないですけどそうだと思いますよ」

「じゃあ、原因はいったい何だって言うんだ！」

「お父さん、もう少し落ち着こうよ」

（あ、アロルドさんがイラついてきた。そろそろ答えを言わないと）

「一番の問題は通行人に認知されていないということです」

「認知？　コースケさん、認知ってどういう意味？」

「俺も聞いたことがない言葉だぞ」

幸助はそうですよねと言いながら、表の街路が見える小さな窓を指差す。

「表の通りを見てください。僕はまだ昨日この街に来たばかりなので詳しいことは分かりませんが、人通りが多いですよね」

「ああ、この道は住宅街と市場をつなぐ道でな、このあたりのメインストリートと言ってもいいんだよ。で、それがどうかしたのか？　人通りが多いなんていつものことだが」

「はい。ではこの行き交う通行人の中でこのお店のことを知っている人はどれくらいいますか？」

しばし外を眺めながら考え込むアロルド。

「………。」

……。

数十秒間眺める。

しかし知った顔は一人も通らない。

「いないな」

その答えを聞き、少し間を置いてから幸助が続ける。

「そういうことなんですよ」

「どういうことだ？」

「素晴らしい味と人通りの多い通り沿いがこの店の強みです。逆に弱みはその立地を活かせていないことなんです。

要するに、ここにパスタを提供するレストランがあるということに皆、気づいてないんです」

この味を知らないなんてもったいないことだと幸助は続けると、サラが何かに気づいたのか、はっと目を見開く。

「そうね！　まだ出会ったことのない味なんて、評価できなくても当然だよ。そうすると私たちが先《ま》ずすべきことは、店先を通ってる人に『ここにおいしいパスタがあるよ』って教えることだね！」

「正解！」

パチパチと幸助は拍手をする。サラは更に嬉しそうに満面の笑みを作る。

アロルドはまだ納得していないようだ。うーんと唸りながら腕を組んでいる。

「アロルドさん、納得できない点があれば遠慮なく言ってくださいね」

「いや、な。仮にその認知ってやつが原因だとしてだ。何をしていいのかさっぱり分からん。店構えだってこだわったし『アロルドのパスタ亭』って名前だってついてる。これ見りゃ誰だって分かるんじゃないか？」

（あぁ、アロルドさんがこの店舗の外観を考えたのか。となると、どこから説明したら良いものか……）。幸助は考えあぐねる。

「ええとサラ、この街というかこの国の識字率はどれくらいか知ってる？」

「識字率？　それってどういう意味？」

「えぇっと、街の人が十人いたら、そのうち何人文字が読めるかっていう意味」

「あぁ、それなら十人に三人くらいかな」

「なるほど」

突破口が見つかった、と心の中でガッツポーズをする幸助。

「アロルドさん、この国の識字率は十人に三人くらいだそうです」

「それがどうした？」

「そうなると『アロルドのパスタ亭』って読めてお店の存在に気づく人は十人のうち三人しかいないってことですよね」

「あ、あぁ。そうなるな」

「それで、往来が激しいこの道でこの文字が目に留まる人ってどのくらいいるんでしょうか？　小さい文字ですし、気づかずに通り過ぎる人が多いんじゃないでしょうか」

「……」

アロルドは沈黙する。

「ほとんどいない……のかな」と代わりにサラが答える。

「そう、サラ。だから『アロルドのパスタ亭』というプレートだけではお客さんは呼び込めないんだよ」

この答えにただでさえ赤かったアロルドの顔に更に赤みが増す。

「もういい！　分かったよ！　認知については分かった。じゃぁ、どうすりゃいいんだよ！　でっかい看板つけるような金なんてねぇぞ！」

「お父さん！　本当に落ち着こう。今はコースケさんの話を冷静に聞こうよ」

「安心してくださいアロルドさん。認知してもらうための手法はたくさんあります」

すぐにできる方法は三つあります、と言いながら指を三本見せる幸助。

「先ず一つ目。一番安価で手っ取り早いのは、道往く人たちに声をかけることです。ただ、実質二人で回しているこのお店では現実的な方法ではないかもしれません。しかも効率も悪いです」

うんうんとサラが食いつくように幸助を見る。

「二つ目は、チラシをまくこと。これは紙にお店の宣伝文句を書いて道往く人々に配る、ということです。これも紙の値段を考えると効率が悪いのかもしれません」

そう、この世界ではまだまだ紙は高級品なのだ。おいそれと配ることは適わない。

「最後に、これが一番オススメなんですが」

そう言いながら、幸助は間を空ける。

「立て看板を置くことです」

そう言うと、アロルドが呆れた顔をしながら言う。

「は？　立て看板？　さっきおまえ文字が読めるやつが少ないから文字は意味ないって言ったばかりじゃないか」

「いや、立て看板の効果はバカにできないですよ。しかも看板に書けるのは文字だけではありませんし。

この道をずっと向こうに行ったところに武器屋さんがありましたが、そこの看板はどうなってるか知ってますか？」

幸助はその職業柄、看板やディスプレイを歩きながら観察する癖がついている。昨日たまたま見かけた武器屋の看板を覚えていたのだ。

「あ、私知ってる！　剣と槍が交差している、一目で武器屋と分かる看板だったよ」

「そう。ということは立て看板には何を描けばいいのかな？」

「トマトバジルパスタの絵！」元気にサラが答える。

「そうなんです。絵を描くんですよ。誰でも分かるように。しかもこのくらいのサイズの看板に」

そう言いながら幸助は立ち上がり、両手でその看板の大きさを表した。高さ一メートルくらいある。

「アロルドさん、この立て看板で全く効果が出なかったら僕はここから消えます。費用もこちらで立て替えますから、一度試してもらえませんか？」

「そうだよお父さん、コースケさんを信じてみようよ。今まで私たちが頑張っても何にも変わらなかったじゃない。今までやってなかったことをやる必要があるんだよ」

（サラ、あなたの姿が女神さまに見えてきましたよ）

「サラがそこまで言うなら……。その立て看板とやらだけは試してやる。これで効果がなかったら銅貨一枚たりとも払わないからな！」

「はい。それでいいですよ。ならば早速やってみましょう」

「うん！　コースケさん、よろしくお願いします！」

こうして幸助はこの世界での初仕事「立て看板プロジェクト」を遂行することとなった。

◇

幸助にとって異世界での初仕事である「立て看板プロジェクト」が決まったその翌朝。幸助は宿で朝食を済ますとアロルドの店へ向かう。

「いい天気だな」

空には雲一つない青空が広がっている。時おり新春の柔らかな風が頬を撫でる。

石畳が整然と並ぶ街のメインストリートを歩く幸助。道幅は馬車三台が余裕で横並びできるくらいあり、道の両端には二階建てのこじんまりとした住宅が並ぶ。ある家は白、その隣は緑、またその隣は赤と色彩豊かな外壁が連なる。

今日は日曜日。市場は休みなので、通りを行き交う人々は昨日よりもかなり少ない。ちなみにこの世界も一年は三六五日で、曜日や月の構成も現代日本と同じである。

二十分くらい歩くと、明るい建物が並ぶ景色を引き締めるような黒い外壁に小さな窓が四つ並んだ建物が見えてきた。アロルドの店である。重厚なオークの扉に掲げられている看板は裏返ったままだ。そう、今日は定休日である。

ドアに手をかけるとカギは開いていた。そのまま手前に引くとギィッという音と共に開き、陽光が室内を暖かく照らし出す。

「あ、コースケさん！　おはよっ」

「おはよう、サラ。今日も元気だね」

「うん！　お客さんが増えるかと思うとワクワクしてきちゃって」

「そっか。期待外れにならないように僕も頑張らないとな」

そう言いながら幸助はサラの姿を見る。

（私服のサラも可愛いなぁ）

今日は定休日なのでサラの服装は給仕服ではなく水色のワンピースである。二人の声が聞こえたのか、厨房の奥からのそっとアロルドがやって来た。

「おう、来たか。なら早速おっぱじめちまおうぜ」

「は、はい。ではまず簡単な説明からしましょうか」

そう言うと幸助、サラ、アロルドの三人は昨日と同じ席へ座る。

「さて。では立て看板についてなんですけど、このくらいの大きさの板は用意できますか？」

そう言いながら昨日示した大きさと同じ一メートルくらいの長方形を手で表す幸助。

「それなら店の裏にこの店を作った時の廃材があるぞ」

「分かりました。それならちょうど良かったです。その板をこうやって斜めにして自立するように足をつけていただけますか？」

両手で「人」の文字を作りおおよそのイメージを伝える。

「そんなことなら任せろ。足になる角材も釘もある」

「さすがアロルドさん。僕はそういった作業が苦手なので助かります」

「お、おう」

「ふふっ」

サラはニコニコしながら横に座っているアロルドを見る。普段なかなか見ることのできない父親の姿が新鮮なようだ。

「そうしたらサラ、絵を描くための絵の具や筆はあるかな？」

「絵の具って何？」

「絵の具って言わないのか。えっと、絵を描くための色のついたやつ」

「あぁ、顔料のことね。うーん、ウチにはないかなぁ」

「売ってる店は知ってる？　僕が買いに行ってくるよ」

「うん。もちろん！　あ、でも、日曜日に開いてるお店はちょっと遠いかな」

うーんと唸りながら考え込むサラ。そして数秒後。何か閃《ひらめ》いたようで、ニパッと笑顔を作りながら口を開く。

「コースケさん、私がお店まで案内するから一緒に買いに行こ！　お父さんはその間に日曜大工、よろしくねっ」

「えっ、サラ、おまえ」

「お代を立て替えてもらうんだから、それくらいしないとねっ」

アロルドの言葉が終わる前にサラがかぶせる。

「ぐぬぅ……」

というわけで、幸助の異世界初の共同作業は、顔料の買い出しに決まったのであった。


「では、行ってきます」

「行ってきます、お父さん！」

幸助は背中に何か視線が刺さるのを感じたが、それを無視して進む。

重厚なドアを開け、通りへ出る。少し高くなってきた太陽からポカポカと春の陽気が伝わってくる。

「コースケさん、こっちです。行きましょ！」

サラはぐるっと振り返り幸助を見ると、西を指差した。ワンピースの裾がふわっと広がる。

「商業街の中にお店があるの」

アヴィーラ伯爵領は人口五万人程度で、この世界では中堅どころの規模である。戦争とは無縁の土地のため、国境の街と比べると街全体がのんびりとした雰囲気を醸《かも》し出している。

北に領主の館を含む貴族や裕福な商人などが住む街があり、東に住宅街、西に商業街、南に工業街という分布となる。それぞれの地区を結ぶように東西と南北に大きな道が通っている。アロルドの店は、ちょうど住宅街の西端に位置する。

東西と南北の通りが交わる交差点は大きなロータリー式となっており、中央にはちょっとした公園がある。一般市民が生活する街にしてはやや緑が少ない。その中でこの公園は数少ない癒しスポットとなっている。日中、公園からは子供達のはしゃぎ声が絶えることはない。

「よし、行くか」

幸助が西に向かって歩き出すと、その左側にサラが並ぶ。真っ赤なポニーテールが左右に揺れる。

「コースケさん、ここです！」

取り留めもない会話をしながら歩くこと一時間。二人は目的の店に到着した。

古びた二階建ての建物を見ると『サンドラの画材店』という店名が掲げられている。

店の中に入ると、ホコリ臭さが二人の鼻を突く。幸助は反射的に袖で鼻を覆う。

「ゴホ、ゴホ」

「すごい店内だなぁ」

見渡すと、五坪ほどの狭い店内に所狭しと絵画用品が並んでいる。若い女性の絵が額に入り壁に飾られている。店主が描いたものだろうかと幸助は推察する。

奥の棚は長い間商品が入れ替わっていないようで、分厚い埃がかぶっている。店員らしき人は見当たらない。

「すみません！」

「すみませーん！」

二人で店員を呼ぶ。

奥から床のきしむ音が聞こえると、杖を突いた真っ白な髪の老婆がやって来た。

「なんじゃい、日曜日の朝っぱらから騒々しいのぉ」

老婆は二人を睨《ね》め回す。

「おや、珍しい。若いお兄さんとお嬢さんじゃないか。こんな店に何か用かい？」

「顔料を買いに来ました。このお店にありますか？」

「顔料？　そんなものいくらでもあるが、何に使うんじゃい？」

「えっと、看板を描くために必要なんです」

「ふうん、それなら水に濡れても落ちないものが良いかのぅ」

「はい、それでお願いします。あと、筆も一本ください」

老婆はゴソゴソとカウンターの下から瓶が入った箱を取り出す。

「して、何色が必要かね？　今あるのはここに並んでいるだけじゃ」

「赤と緑、黒、白をください！」

「あと、黄色も要るな」

「黄色？　トマトバジルパスタには黄色は必要ないよ？」

何でという顔をしながら幸助を見る。

「まあ、帰ってから説明するよ」

「ふうん」

「あいよ。なら顔料が五色で大銀貨一枚と筆が銀貨二枚さ」

（結構するんだな）

懐から銭袋を出すと、銀貨をジャラっとカウンターに置く。

「まいどあり」


顔料と筆の購入を済ませ二人が店から出た頃には、太陽はもう真南に近づいていた。

壁にかかっていた絵のことをサラが老婆に尋ねると、老婆の壮大な昔話が始まってしまったのだ。

若い女性の絵は老婆の若い頃の姿だったそうで、今は亡き夫が描いてくれたそうだ。

（結構時間がかかっちゃったな）

時刻はもう正午になろうとしている。幸助はもう腹ペコである。

「サラ、せっかくだからこのままランチ食べに行かない？」

「うんっ！　行こ行こっ。私オススメのお店があるの。シチューがとってもおいしいお店。そこでもいい？」

「オッケー。ならそこに行こう」


サラお勧めの店は、アロルドの店へ帰る途中にあった。

チリンチリン
軽めのドアを開けると、鈴の音が来店者があったことを告げる。

「いらっしゃい。あら、サラじゃないの」

「こんにちは、マールさん」

二十歳くらいであろう店員が二人を迎える。サラとは顔なじみのようだ。キリッとした目が印象的な「頼りがいのあるお姉さん」という風貌だ。

「久しぶりね。で、隣のさわやかな青年は、サラのいい人？」

悪戯っぽくマールが尋ねると、サラは顔を真っ赤にしながらぶんぶんぶんと高速で手を振る。

「ふふふっ、冗談よ。空いてる席に座って待っててね」

「もー、マールさんったら……」

火照った顔を冷やすように手を団扇《うちわ》にして顔へ風を送る。

日曜日に開いている店は少ないせいか、店内は多くの客で賑わっていた。閑古鳥が鳴いているアロルドの店とは比べ物にならない繁盛っぷりである。二人は空いている席を見つけるとそこに腰を下ろす。

「流行ってるなぁ」

「うん、いつもこんな感じだよ。マールさんの作るシチューは最高だから」

店内を見渡すと、来店客全員がシチューを食べていた。

開口部の大きな窓があるおかげで照明を焚《た》かなくても店内は明るい。窓にガラスははめられておらず、心地よい風が時おり幸助を撫でるように通り抜ける。

「ここはシチューしか提供してないの?」

「うん、そうだよ。だからオーダーをしなくてもいいの」

「ふうん、よっぽど自信があるんだな」

二人が着席してからほどなく、シチューが運ばれて来た。真っ白なクリームシチューである。作り置きが利くから提供が早い。

「はい、お待たせ。シチューとパン、サラダのセットよ。今日のサラダはトマトがメイン」

マールはテーブルに皿を並べる。

「じゃぁ、ゆっくりしていってね」

そう言い残し、また厨房へ戻っていく。

「では食べようか。いただきます」

スプーンでシチューをすくい、一口食べる。

「うん、おいしい」

「おいしいねっ」

この街に来てから初めて乳製品を口にする幸助。大きく切った野菜や鶏肉が入っており、実家の母親の味を思い出す。

（ク◯アおばさんも顔負けだな、こりゃ。具もいっぱいだし材料も相当奮発してそうだぞ）

食べながら幸助は店内を観察する。

店の入り口に人影が見える。新たな来店客のようだ。隣の席の人はもう食べ終わったようで帰り支度をしている。

「それにしてもこの店、回転率がよさそうだなぁ」

「何？　回転率って」

「ええっと、簡単に説明するとお店の席数に対する来店客数のこと」

「……。よく分かんない」

日本の会社では当たり前のように使っていた言葉だが、分かりやすく説明しようとすると難しいことに気づく幸助。

「そうだなぁ。例えば席が一つしかないレストランがあったとするよ。お昼時にお店に入ってから注文して食べ終わるまでに二時間かかったとする。そうするとランチタイムの売上は一人分、ということになるよね」

「うんうん、そうなるね」

「そこで、仕込みや調理を工夫することで注文から食べ終わるまで一時間に短縮した場合どうなる？」

「もう一人ランチタイムで食べられる！」

「そういうこと」

「なるほどー、同じ大きさの店でも売上を増やすことができるってことだね」

「ま、アロルドさんの店はあまり気にしなくてもいいと思うけどね。まずは満席を目指さなきゃね」

「うん！」

入店から三十分と経たずして二人は食事を終える。

「おいしかったなぁ」

「でしょ。最近なかなか行けなかったから久しぶりに食べられてよかったよ。コースケさん、ありがと！」

「どういたしまして。そういえば、こんな時間になるってアロルドさんに言ってなかったけど、大丈夫かな？」

「平気へーき。今頃昨日の残り物食べてるよ。きっと」

「あはは。扱いが雑だな。さすが親子」

こうして二人がアロルドの店に帰ってきたのは午後二時前である。

「ただいま」

「お前ら、遅かったな」。アロルドが出迎える。

「うん。画材屋さんのおばあちゃんの話が長くて」

「で、メシは食ってきたのか？」

「うん。久しぶりにマールさんのシチューを食べてきたの！」

「そ、そうか」。少し寂しそうな顔をするアロルド。

幸助が店内を見ると、アロルドが作ったであろう立て看板が目に入った。

「アロルドさん、もう完成してたんですね。さすがです」

「さっすがお父さん！」

「おっ、おう」

無理やり話を逸らす二人。

「早速立て看板に絵を描きましょうか」

「絵は私に任せてね。でも、黄色って何に使うの、コースケさん？」

「何だと思う？」

サラの質問に幸助は質問で返す。


幸助はコンサルティングを行う上で、常に三つのポイントを意識している。

一つ目は「答えを簡単に教えないこと」だ。何でもすぐに答えを教えてしまうと相手が考えることを放棄して、今後も幸助に依存することになりかねない。この場合、新しい発想ができなくなるため、幸助が関わらなくなると以前のような状況に戻ってしまうこともある。幸助がサラの質問に質問で返したのはそのためだ。

二つ目は「頭ごなしに否定しないこと」。ダメなことをダメと言うことは必要である。ただし、アイディア出しの初期段階では、絶対に相手の意見を否定してはいけない。否定されることが怖くなり萎縮して、次のアイディアが出てこなくなることを防ぐためである。

そして三つめは「褒めること」である。誰だって褒められるのは嬉しいものである。それは次の仕事への活力にもなるし、信頼関係も構築される。だから幸助は小さなことでも褒める点が見つかれば、できるだけ声に出すようにしている。

サラは腕を組み片手をあごの下にやり、考えるしぐさをする。

「うーん、セットのスープを描くとか?」

「はずれ」

「うぅ、分かんないよ」

「じゃぁ、まずはパスタの絵を真ん中に大きく描いてみようか。上と下は隙間を空けておいてね。そこに答えが入るから」

「分かった!」

こうしてサラはパスタの絵を描き始めた。

その間、野郎二人は特にすることがない。客席に腰かけ、時おりサラの進み具合を見つつ会話をしている。

「お前サラに変なことしたら、ただじゃおかないからな」

「大丈夫ですってアロルドさん」

少し空気が剣呑《けんのん》なようだ。

「やっぱり何か胡散臭いんだよな、お前。こんな簡単なことで客が増えるなんておかしな話だよ」

「大切なことは他にもいろいろありますよ。立て看板はその中の一つにしか過ぎません。でもやるとやらないでは違うんですよ」

「そんなものか」

「そんなものです」

「……」

「……」

「できた！」

不穏な空気を破るように元気なサラの声が響く。アロルドからようやく逃げ出せると安堵する幸助。

「うん、上手いね！　これでパスタのお店っていうのは一目瞭然になったよ」

「ありがと！」

「それで、通りがかった人がこの看板を見つけてパスタ屋の存在を知りました。今日はパスタにしよう。そう思った後、次に気になるのは何だ？」

「俺は分からん」

「うーん、私だったら値段かな？」

「正解！」

「やった！」

「ということで、パスタの絵の下には大銅貨八枚の絵を描こう」

「はーい。これなら文字の読めない人でもすぐに分かるね。さすがコースケさん！」

「ぐぬぬ……」


そんなこんなで立て看板は完成した。

最後にパスタの上に文字で「店主自慢のトマトバジルパスタ　大銅貨八枚」と書いた。

「明日が楽しみだね！」

「うん。そうだね」

元気なサラとは対照的に、幸助は久々の緊張感に包まれていた。

立て看板の効果があるのは日本で経験済みだ。だからといって全ての店で効果があったわけではない。

幸助は入社間もない頃、観光地にある飲食店のコンサルティングを担当したことがある。海鮮が売りの店だ。実際に食べたところ、実家が魚屋の幸助も美味いと感じる味であった。そこで幸助は先輩と一緒に改善計画を立案。立て看板や幟《のぼり》を立て、認知の改善を行った。

しかし結果は惨敗。少ししか売上は向上しなかったのだ。原因は認知ではなく需要がないというところにあったのだ。その観光地は山間部にある。都会から山の自然を求めて来る家族連れがわざわざ海鮮など求めない。需要は手打ちの蕎麦など、地元の名産品であった。

この世界は文化も環境も違う異世界だ。トマトバジルパスタの需要がどこまであるかは未知数である。本当ならば客の反応を見つつトライアルアンドエラーを繰り返して、ベストな形に持っていくことが理想だ。

しかし、アロルドとの約束はこの一回で決まる。もし効果がなかったら次はない。

（ふたを開けてみないと分からないな）

そして運命の翌日へと続く。

◇

「よいしょ、よいしょ。これでよし、と」

翌日の朝、サラは立て看板を店の外に設置した。昨日三人で一生懸命製作した看板だ。大きな赤いパスタの絵の下には大銅貨が八枚並んでいる。

祝福するかのような朝の陽光がサラを優しく包む。

「これでお客さんたくさん来てくれるかなぁ。うん、コースケさんを信じよう」

店内に戻り日課の掃除を始める。

まずは床掃除。椅子を一度全てテーブルの上へ逆さに置く。箒《ほうき》を取り出すと、隅から順に掃く。もちろんテーブルの下もだ。人の出入りが少ないため床はそれほど汚れていない。床掃除はすぐに終了する。

椅子を元に戻すと今度は裏口から外に出る。共用の井戸から水を汲むためだ。手桶に水をたっぷり溜めると両手で「んっ」と声を出しながら持ち上げ、店内に運ぶ。十四歳の少女には重労働である。

ボロボロになった古着を再利用した雑巾を桶の水ですすぐと固く絞る。六つあるテーブルをそれぞれ一つずつ丁寧に拭く。椅子も同様だ。

テーブルが綺麗になったら今度はアロルドこだわりの窓を拭く。店内から、表から、しっかりと。最後に窓越しの景色に曇りがないかを確認し頷く。

「うん。これで大丈夫」

厨房の掃除は閉店後の仕事である。これで掃除は終了だ。

時刻は朝十時。まだまだ開店までは時間がある。

「ふぁあ……。昨日はなかなか寝られなかったなぁ」

今日のことで期待と不安が混じり、なかなか寝付けなかったサラ。眠気が少しだけ残っている。

パンッと両手で顔をたたき、気を引き締める。

「よし、これで大丈夫」

残りの作業をしているうちに、待ちに待った開店の時刻である午前十一時が訪れる。

ドアのカギを開け、営業中を示すため店名の入ったプレートを表向きにする。

「お願いです。お客さんいっぱい来てください！」

そう祈りながら客の来店を待つサラ。

待つこと十分。

「来ないなぁ。みんな立て看板見てくれてるかな」

そわそわと店内をうろつく。店の外からは通りを往来する人々の声や馬車の音だけが聞こえてくる。

更に待つこと十分。

「来ないなぁ。まだ時間が早いからだよね。きっとお腹を空かした人が看板を見たら食べたくなるもん」

不安が募るサラ。用もないのにテーブル上の小物の位置を整える。右へやったり左へ戻したり。もう、十回以上整えなおした。

そして更に待つこと二十分。店外から複数の声が聞こえてきた。

「あら、ここにこんなお店あったかしら?」

「新規オープンしたんじゃないかな。見たことないぞ」

「パスタが大銅貨八枚ですって」

「いいんじゃないかな。おいしそうだよ」

サラは期待に胸を高鳴らせる。

(お願い、来てちょうだい!)

その直後、ギィという音とともに、明るい光が店内に差し込んできた。

「いらっしゃいませ!」

弾むようなサラの声が本日最初の客を迎える。

「こちらの席へどうぞ」

四名の客を席へ案内する。

「外に描いてあったトマトのパスタ、四人前ね」

「はい。ありがとうございます！　ご一緒にオニオンスープもいかがですか？　セットなら大銅貨三枚のところ二枚になりますよ」

「どうする？」

「合わせて銀貨一枚か」

互いに顔を見渡す来店客。

銀貨一枚ということは、この街のランチでは許容範囲の上限金額だ。

「ベーコンも少しですけど入っていますよ」ともうひと押しするサラ。

「なら私、いただこうかしら」

「俺も」「私も」「じゃあ私も」

「ありがとうございます！　少々お待ちください」

そう告げるとパタパタと厨房へ向い、注文を通しに行く。

ちなみに「ご一緒に〜」という接客用語も幸助と一緒に考えたものだ。といっても幸助にとっては、普段よく行っていたファストフード店の決まり文句を真似しただけだが……。

ギィ。

サラが厨房へ先ほどの注文を通した直後、また扉の開く音がした。今度は男性一人だ。

「いらっしゃいませ！」

「あのぅ、その看板に描いてある赤いパスタって、トマト味なの？」

「はい、そうですよ。当店自慢のトマトバジルパスタです」

「金額って大銅貨八枚で間違いない？」

「はい。間違いないです」

（そうか、この方は文字が分からない方なんだね。絵の効果抜群だ！）

「ならそれを一つもらおうか」

「ありがとうございます！　ご一緒にベーコン入りのオニオンスープもいかがですか？　セットなら大銅貨三枚のところ二枚になりますよ」

先ほどと同様にスープを押すサラ。

「スープはいらないや」

「はい。かしこまりました。では、こちらの席にかけてお待ちください！」

その後もちらほらと客の来店は続き、店内の客数がゼロになることはなかった。


「ありがとうございました！」

昼の営業が終了した午後三時。サラは最後の客を送り出すと、店名のプレートを裏返す。そしてその隣にある立て看板をそっと撫でる。

「ありがと、看板さん」

その顔からは笑顔が溢れている。プロジェクト成功なのは誰の目にも明らかだ。

ギィ。

サラがせっせと閉店後の片づけをしていると、幸助がやって来た。ちなみに幸助は通りの向こうから通行人の動向を観察していたので、おおよその来店客数は把握している。

「コースケさん！」

「その顔を見ると、うまくいったようだね」

「うん！　こんなにお客さんが来てくれたの、開店の時以来だよ。コースケさん、本当にすごい！」

「いやいや、サラとアロルドさんが頑張ったからだよ」

「ううん、私たちだけだったら絶対できなかったもん。それに、『ご一緒に』っていうあの言葉もすごいの。別料金なのに十人もスープ注文してくれたんだよ。まるで魔法だね！」

本日の実績は二十名の来店であった。満席には程遠いが、今までの状況からすると奇跡に近い実績である。

無料で提供していたスープをセットメニューにしたことで、客一人当たりの売上である客単価も向上。薄利だったメニューが適正価格になったことで、利益率も申し分ない。

常連だった隣の奥さんも来店してくれたが、スープが別料金になったことは何も咎《とが》められなかった。むしろ、無理してるんじゃないかなと心配してくれていたそうだ。

「すまん、正直おまえのことを疑っていた」

いつの間にかアロルドが厨房から出てきたようだ。

「いいんですよ。いきなり知らない人が来て変な提案をしたのに、アロルドさんはそれを受け入れてくれたんですから。僕が感謝したいくらいです」

「そうか。そう言ってくれるなら助かる」

客席に三人が腰かける。

「それにしても、あんな立て看板一枚でここまで違うとはな」

「これが認知ってやつですよ。街の皆にアロルドさんのパスタは世界一って言って回りましょうよ。もっと認知されますよ」

「賛成！」

「そんな恥ずかしいことはやめてくれ」

「はは、冗談ですよ」

「それで、だな。コースケ、お前は看板以外にもできることがたくさんあるとか言っていたよな」

（お、アロルドさん、挨拶の時以来初めて僕のことを名前で呼んでくれた！）

「はい。立て看板は小さな取っかかりにしか過ぎません」

「他にはどんな手があるんだ？」

「立て看板よりも簡単なことから、店舗の改装、はたまたそれ以外もいろいろありますよ」

幸助が本当にしたいと思っていることは店舗の改装だった。照明器具を火に頼るこの世界では、夜は暗い。それなのにアロルドの店はデザイン重視で窓が小さく、昼も暗い。だからいっそのこと壁を蛇腹にして、オープンテラスカフェっぽくしたかったのだ。

ただ、今の外装がアロルドのこだわりということや予算のことを考えると完全に無理なので、具体的な提案をするつもりはなかったのだが。

「改装って、店の外観は変えんぞ」

（そ、そうですよねー）

「もちろん、改装はあくまで手法の一例ですし、取っつきやすいこともいっぱいありますよ」

「ならば昨日言っていた正式な契約とやらについてなんだが」

「はい。お店が儲かった時払いの契約のことですね」

「おう。それはどうなった時にどれだけ払えばいいんだ？」

こうしてアロルドは幸助と諸条件を詰め、正式に店舗改善の仕事を請け負うこととなった。大人の話なので契約の場にはサラは外れてもらっている。

この世界では、商業ギルドが銀行の役割も果たすため、報酬の受け取りはギルドを通すこととなった。これであれば、いつでも報酬を振り込んでもらうことができる。

ちなみに幸助はフレン王国からの謝罪金を受け取った時、それを預けるため商業ギルドに口座を作っていたのだった。

商業ギルドの役割は銀行業務以外に、商売に対する課税、仕事の斡旋《あっせん》、技術指導など多岐に渡る。

「それにしても気前のいい奴だな。普通こういうのは前払いが相場だぞ」

「いいんですよ、アロルドさん。気にしないでください。好きでやってることですから」

（金に困ってないなんて、金に困っている人の前では言えないしな）

「いつまでも儲からなかったっつって払わないこともできるんだぞ」

「その時は僕の人を見る目がなかったと諦めますよ」

「どこまでも気前のいい奴だな」


幸助とアロルドが打ち合わせを終えた頃、表の通りを往く人々の影は長く伸びていた。もうすぐ夜の営業時間が始まる時間だ。店内は随所にランプが灯っており、幸助たちを優しく照らし出している。

「もう、夜の営業時間になっちゃいますね」

「おう、もうそんな時間か。ちょうどいい、コースケ。今日は俺が夜の特別メニューをご馳走してやる。食べていかないか？」

「え、いいんですか？」

「これから長い付き合いになるかもしれないしな。お礼代わりに美味い料理を出してやる」

「お店が儲かったら僕は要らなくなるんですから、あまり僕との付き合いは長くしちゃダメですよ」

アロルドとの話で決めた幸助の役割は、店が黒字化するまで経営や企画に参画するということである。従って、幸助が長く関わるということは避けなければならない。

「まあ、細けえことはいいんだよ。でな、ウチはパスタがメインだが、夜は肉料理もやってるんだ」

「そうなんですか？　パスタ専門だと思ってました」

「パスタだけだと客単価が高くならないからな。ま、食べて行けよ」

「では、お言葉に甘えます」

少し待っとけという言葉を残して、アロルドは厨房へ戻っていった。

入れ替わりに外のプレートを営業中に変えつつ外の掃除をしていたサラが戻ってきた。

「コースケさん。打ち合わせ、お疲れ様！」

「ありがとう、サラ。何か嬉しそうな顔してるね」

「うん！　私、初めて仕事が楽しいって思えたかも」

「よかったじゃないか、サラ。それは大事なことだよ」

「それでね、これからお店がどうなるのかなぁって考えたらすごいワクワクしてきたの。コースケさんウチに来てくれてありがと！」

いえいえ、と日本人流の謙遜をしていると、サラを呼ぶアロルドの声が厨房から聞こえてきた。

「はーい」と言いながらパタパタと厨房へ行くサラ。

一人になった幸助は頭の中で今日の反省会を開く。

（それにしても立て看板一つですごい変化だな。それだけ今までこの店の存在が目に留まってなかったってことか。今日の来店が二十人。ほとんど新規みたいだからそのうちの一人でもリピーターになってくれたらだいぶ楽になるな。あと、スープを別料金にしたことによる反発もなかったみたいでよかった。ま、そういうことで反発する客はこの店にふさわしくないから今後一切来なくても問題ないか。せっかくいい機会をつかんだんだ。黒字化するまでに資金が尽きて廃業になることも避けなきゃな。あとは……）

深く考え事をしている幸助。

目の前に、ジュウジュウと音を立てている皿が置かれたことで思考を中断する。

「コースケさん、はい、これ。夜のイチオシメニュー、レッドボアのステーキだよ」

レッドボアとは広い範囲の森に生息する体長二メートルくらいの猪の魔物だ。真っ赤な毛並みが特徴である。主に冒険者が狩ってきたものがギルドを通して市場に流通されている。

「レッドボアって、魔物の……？」

「そうだよ。食べたことなかった？」

「うん。これまであまり魔物の肉を食べる機会がなかったからね」

無理もない。日本には魔物なんて生物はいない。この世界に来てからの半年間でも、動物の肉は食べたことがあったが魔物は見たことがなかった。

「コースケさん、魔物の肉を食べたことがなかったなんて、どこか遠い国の出身なの？」

（しまった！　自分の設定を考えてなかった）

突然降ってきた難問に俄《にわ》かに焦る幸助。

召喚されたということは内密にするという条件で謝罪金をもらっている。本当のことを話すわけにはいかないし、仮に話したとしても信じてもらえないだろう。

（ああ、そういえばフレン王国の市民権は持っていたな）

謝罪金と同時に与えられたフレン王国の市民権のことを思い出した幸助は、そのままフレン王国出身という設定にすることにした。

「僕はフレン王国の人間だよ。ただ、名前すらないような田舎の漁村出身で肉はほとんど食べたこ

ばす。


幸助はいただきますと言うとナイフとフォークを手に取り、きれいに焼き目のついた肉に手を伸ばす。

（ああ、サラが純真な娘でよかった）

「ふうん、そうなんだ。じゃぁ、冷めないうちに食べてね！　おいしいよ」

とがなかったからね」


肉の大きさは幸助の手のひらより小さいくらいだ。しかし厚みがすごい。優に五センチはあるだろうか。ステーキといえばスーパーの特売肉という幸助には、見たことのない厚みである。

まだ油がプツプツとしている肉にナイフを入れようとするが、焼き目で固くなった表面が一瞬抵抗する。しかしパリッという音と共にナイフが受け入れられると、あとは抵抗なく切り分けられる。断面から溢れ出る肉汁に、たまらず幸助はごくりと生唾《なまつば》を飲む。

肉を口へ運ぶ。奥歯で噛みしめると、じゅわっと口の中に肉の旨みと脂の甘みが広がる。そして香辛料がその味をピリッと引き立てる。

「うん。おいしい！」

「でしょ！　パスタ以外もお父さんの料理は最高なの！」

じゃあ、私は仕事に戻るからと言うとサラは厨房に戻っていった。幸助は先ほどの反省会を再開しつつ、ジューシーな肉を味わう。そして食べ終わった頃には、外は完全に真っ暗になっていた。

（うまくいって本当に良かったなぁ……）

幸助の心はおいしいものを食べた満足感と、自分の居場所が見つかった充足感に満ちていた。

◇

翌日のランチタイム後。

いつもの席で三人が談笑している。打ち合わせが必要な時は、この時間を定例とすることにしたのだ。窓から入る陽光が、床やテーブルに小さな陽だまりを作っている。

「アロルドさん。昨日はステーキごちそうさまでした。すごくいい肉みたいでしたが……」

「いいってことよ。これから毎日お客が増えるんだったら、あんなもん屁でもないさ」

「今日は十八人もお客さん来てくれたんだよ！」

サラが淹れたお茶をずずっと啜ると、幸助は切り出す。

「それでサラ、今日は何か気づいたことあった？」

「えっと、そういえば昨日も今日も、看板に描いてあるこの赤いパスタはトマト味かって聞かれたよ」

「そうなんだ。この辺で普段食べる物でトマト以外に赤色の食材ってあるの？」

「うーん、パスタに使うようなものはないかなぁ」

「でも、そうやって聞かれるってことは他にもトマトって確証を得たい人がいるかもしれないから、看板にトマトの実を一個描いておこうか」

「うん。そうするよ！」

小さなヒントから改善を繰り返すことは重要である。

サラは早速立て看板にトマトの絵を描きに行った。今日もトレードマークの真っ赤なポニーテールが揺れている。

「それでですね、アロルドさんにはお願いしたいことがあります」

「うん？　何だ」

「このお店の帳簿を見せてもらってもいいですか？」

「帳簿？　ああ、母ちゃんがつけてるやつだよな。ちょいと待ってろよ」

そう言い残すと厨房の奥へゆっくりと歩いていく。しばらくすると二階から足音が聞こえてきた。帳簿関係は二階にあるらしい。三分ほどするとアロルドは一枚の紙を手に帰ってきた。

「これが先月分だそうだ」

そう言うとアロルドはテーブルの上に紙を置く。紙を節約するためか小さな数字や文字がびっしりと詰まっている。

「こっちが収入でこっちが支出ですね」

帳簿を手に取る幸助。紙面には左側に仕入や光熱費などの経費、右側に売上が記載されている。幸助は暗算で仕入に該当する部分だけを拾い足していく。すると次第に表情が険しくなっていく。

「どうした？　そんな顔して」

「ええと……。赤字どころか売上より材料費の方が多いじゃないですか。これでよくやって来れましたね」

「あ？　一言多いんだよ。詳しくはよく分からん。多少の蓄えはあったからな」

材料費だけで売上を上回るということは、水や火をたくための薪代といったものは完全に持ち出しである。いつか回らなくなるというのは誰が見ても分かる。

「本当は経営が行き詰っている場合、最初にしないといけないのは資金の流出を止めることなんです」

「そうなのか？　それならツケは先延ばしにしてもらってるぞ」

「それも手法の一つではありますが、その場しのぎですよね」

「うぐっ」

「売上を増やすことと同じくらい経費を減らすことも重要なんです」

まぁ、減らしすぎは逆に毒になる場合もありますがと幸助は続けつつ、帳簿をテーブルに置く。

「なんだ、節約のことか。そんなもの、もう極限まで切り詰めてるぞ」

「光熱費などの経費はそのようですね。しかし、売上より材料費の方が多いというのは異常です。何か原因があるはずです」

「残り物を俺らが食べてたからだろ。それに金が無くなったなら多少は商業ギルドが貸してくれると言ってたぞ」

「借金で当座をしのいだ後に安定的な収益が出るならばそれでもいいですが、今のアロルドさんの状況ならばしない方がいいですね」

幸助は見ててくださいねと言うと、テーブルの上に両手を広げジェスチャーを始めた。

「底に穴の空いた鍋があるとします」。そう言いながら鍋の形を手で描く。

「鍋に水を入れるとどうなりますか？」

怪訝な顔をしながらアロルドは答える。

「そんなもん、水が穴から流れ出るだけだろう」

「そうです」

そう言いながら手を広げテーブルと水平にすると少しずつ下に動かし水が減るさまを表す。手のひらがテーブルに着いたところでその動きは止まった。

「では、その水をお金に喩《たと》えます。鍋に注ぐ水が売上。そして穴から出ていくのが仕入や経費といった支出です。そして鍋の中の水が現在手元にあるお金です。今の状況は、鍋に注がれる水よりも穴から出ていく水の方が多いです。そうすると中の水はどうなりますか？」

「空っぽになるに決まってるだろ」

「そうです。それでツケを先延ばしにしたり借金をするということは、鍋の中の水が一時的に増えるということです」

幸助は手のひらを上へ上げる。

「でも、やっぱり出ていく量が多いから時間が経てばまた空っぽになってしまうんです」

そう言いながら手のひらをテーブルにつける。

「今は立て看板の効果で鍋へ注ぐ水は少し増えましたが、それでも流出する水の量が多い状況でしょう。まずはこの赤字体質を改善しましょう」

そこまで話したところでドアがギィという音を立てて開いた。サラの作業が終わったようだ。

「トマトの絵、描けたよ！　ってお父さん、難しそうな顔して、どうしたの？」

「コースケの話が、よく分からん」

「……」

今までの説明は何だったのか。ガクッと項垂《うなだ》れる幸助。

気を取り直して、サラを交えて同じ説明をする。幸いサラはちゃんと理解してくれたようだ。

「お父さん、材料にもこだわってるもんね」

「ああ、そうだ。でなけりゃあの味は出ん」

「僕としても材料のランクを落として味が落ちちゃうっていうのは避けたいですね」

「ならどうしろと？」

アロルドは若干イライラしているようだ。コツコツとテーブルを爪で突いている。

「では、とりあえず厨房を見せてもらってもいいですか？　何かヒントが見つかるかもしれません」

「おう、ついてこい」

三人は厨房へ入る。

様々な大きさのフライパンが整然と壁に掛けられており、その向こうでは大きな鍋が魔道コンロにかけられている。魔道コンロは魔力を熱に変換し加熱することができる魔道具なのだが、使用するには動力源である魔石を定期的に交換する必要がある。鍋からは湯気が上がっており、いつものトマトの香りをふりまいている。幸助のその視線に気づいたようで、アロルドが説明する。

「魔道コンロは温度が一定でな。薪より費用は掛かるんだがこれだけは外せない」

「そうなんですね」

味に関わる経費は極力外してはいけない。味が落ち、更に来店客が減るという悪循環に陥ってしまうからだ。他に何かないかと見回すと、食料庫が目に留まる。

「ここ、開けてもいいですか」

「おう。食材しか入ってないけどな」

開けてみるとアロルドの言う通り、数々の食材が所狭しと並んでいる。料理の知識がない幸助にはどれが必要でどれがムダなのかよく分からなかった。無言で食料庫の扉を閉め、その隣を開ける。

「そこはゴミしか入ってないぞ」

「はい。とりあえず見せてくださいね」

そう言うと幸助は中を覗き込む。確かに野菜の切りくずなどが箱に入れられている。ゴミのにおいを抑えるため扉付の場所に入れているようだ。いくつか並んでいる箱をそれぞれ見渡す。

(何だ、これは?)

アロルドの言う「ゴミ」の中に、違和感のある物が紛れ込んでいる。それを取るため、手を伸ばす。

「これってゴミ……なんですか?」

幸助の手には一塊《ひとかたまり》の肉が握られている。一キロくらいありそうな塊である。それが何個もあったのだ。

「ああ、ゴミだ」

「確かに古くて変色はしてますが、古くなければ食べられない部位ではないですよね?」

「俺の出すステーキには向いてない。固いんだ」

どうやら昨夜食べたステーキから出た「ゴミ」という認識らしい。

「私たちの晩御飯、いつもこの固い肉ばっかりなの。もういい加減食べ飽きちゃったよ」

家庭で消費したうえでこれだけ余るようだ。

「もったいないですよね……。ステーキに適した部位だけ仕入れることはできないんですか？」

「それはできない。定期的にまとめて買わないといい部位は確保できないんだ。肉屋だって商売だし、良い客に良い肉を出すんだよ」

「そうなんですね……」

ここに原因があったのかと独りごちる幸助。

（この世界の商習慣を破ってまで良い部位だけ仕入れてとは言えないし、困ったな。固いといっている肉を活用する方向でいってみるか）

そう考えると幸助は肉を戻しアロルドを見る。

「そうしたら、この固い肉を使ってハンバーグを作ってみませんか？」

「ハンバーグ？」サラとアロルドがハモる。

「そう、ハンバーグです。これなら固い肉もおいしく食べられるかもしれません」

「聞いたことのない料理だな。お前の国では流行ってるのか？」

「はい。大人から子供まで大人気でしたよ」

そう答えた後で幸助は自分の故郷がこの世界の設定と日本が混ざってしまったことに気づく。

「それで、どうやって作るんだ？」

アロルドが興味ありげに幸助へ訊く。サラはキラキラと期待のまなざしで幸助を見ている。故郷の設定についてはバレなかったようでホッとする幸助。

少し間を空けると、幸助は両手を腰にやり自信ありげに答える。

「ズバリ」

「ズバリ？」

「分かりません！」

ガクっと項垂れる二人。仕方ないことだ。日本で幸助は一人暮らしはしていたものの、ほとんど自炊などしていなかった。ハンバーグは外で食べるものと割り切っていたのだ。

「あ、だけどおおよその材料は分かりますよ」

「なら最初からそう言えよ」

「コースケさんのいじわる」

（しまった、サラの好感度を下げてしまった）

「ゴホン。ではですね、まず材料についてですが……」

幸助はアロルドへひき肉のことや玉ねぎ、パン粉が必要なこと。その他にも材料が必要だが思い出せないこと、丸く形を作り焼くという大雑把な説明をする。

「あとはアロルドさんのセンスにお任せします」

「ほとんど丸投げだな」

「料理の天才なんですから、僕が変に細かなことを言わない方がいいんですよ」

「そ、そうか。何か丸め込まれた気もするが……」

「気のせいですって」

こうして新メニューであるハンバーグを試作するということが決まり、その日の打ち合わせはお開きとなった。

◇

数日後。

試作品が出来上がったということで、久しぶりに幸助はアロルドの店を訪れた。幸助の顔を見ると待ってましたとばかりにアロルドはハンバーグを焼き始める。

「コースケさん。試作品、すっごくおいしかったからね。楽しみにしててね」

「僕もハンバーグ食べるの久しぶりだからすごく楽しみだよ」

数分後。幸助とサラが近況などの会話をしているとハンバーグが焼き上がったようだ。湯気の上《のぼ》る皿を手に、アロルドがやって来た。

「おし、これが俺の開発したハンバーグだ。食べてみろ」

幸助の目の前に皿が置かれる。

ジュウジュウと音を立てているハンバーグ。

ゴクリ、と唾を飲み込む幸助。

隣で不安げな表情で幸助を見ているサラ。

「このソースをかけて食べるんだ」

そう言うとアロルドはハンバーグの上に赤いソースをかけた。そう、いつもパスタに使っている自慢のソースである。

「いただきます」

右手に持ったナイフをハンバーグへ入れる。ほとんど抵抗なくハンバーグへ吸い込まれていく。そしてその断面からは肉汁がじわじわ溢れ出る。

一口大に切るとソースをたっぷりとつけて口へ送り込む。

「！！！」

幸助は目を見開く。

口の中は酸味のきいたトマトバジルソースと重厚な肉の旨みが絡み合い、得も言われぬ状況になっている。無言で咀嚼《そしゃく》すると、最後にそれらを飲み込む。

「……」

「どうだ？」

「アロルドさん」

「何だ」

「……最高です！」

拍手をする幸助。

隣にいるサラも幸助に続き拍手をする。

「だろ。俺の手にかかればこんなもんさ」

「あんな少しのヒントしかなかったのに、素晴らしすぎますよ。故郷のハンバーグ屋さんもビックリです、これは」

「でしょ。やっぱりお父さんの腕は最高なの！」

ポリポリと頬をかくアロルド。まんざらでもない様子だ。

「もう、これは決まりですね。正式メニュー入り」

「おう、今夜から始めてみるよ」

「コースケさん、ありがとう！　経営の知識もあるのにこんな珍しい料理を知ってるなんて、すごいよ！」

「ありがとう、サラ」

こうしてアロルドのパスタ亭に新メニューが加わることとなった。ステーキよりも安く気軽に食べられる肉料理として、ハンバーグがブームになるのにそれほど時間はかからなかった。

◇

「ほらよ」

アロルドが一枚の紙を幸助の前へ置く。今日は五月五日。日本であれば子供の日であるがここは異国、いや異世界。ごく普通の平日である。従ってアロルドのパスタ亭も営業日である。

しかし今は店内には三人しかいない。もちろん幸助とサラ、アロルドである。時刻は午後三時。いつものミーティングタイムである。

「確認しますね」

幸助はその紙を手に取り、細かく書き込まれた数字に目を通す。これは幸助が関わってから初めてできた四月の帳簿である。仕入は前月より少し増えた程度だが、売上はかなり伸びている。

「あと少しで黒字ですね」

「ああ。母ちゃんが感心しきりだったよ。この変化の大きさによ」

「黒字になったら新しいワンピース買ってもらえるんだ！」

「よかったじゃないか、サラ」

「うん！」

一番大きな問題であった「肉」は夜の看板メニューであるハンバーグとなり、稼ぎ頭へと変貌した。このまま来店客数を維持できれば、特に手を打たなくても今月で黒字達成は確実であろう。二人の表情も幸助と出会った頃より柔らかくなったようだ。

「でだな、今日は帳簿を見てもらうだけじゃなく、コースケに相談がある」

「はい、何ですか？」

「ウチはパスタレストランってのはもちろん知ってるよな」

「はい」

「でだな、そのパスタレストランの稼ぎ頭がハンバーグってのが腑に落ちなくてな」

生粋の職人であるアロルドはこだわりが強い。そのこだわりは店舗の外装にも表れているが店名もそうだ。

『アロルドのパスタ亭』である以上、アロルドの中ではパスタが稼ぎ頭でなければならない。そこは理屈ではなかった。

時には悪となる偏《かたよ》ったこだわりも、見方を変えれば店舗を特徴づける最強の武器になりえる。

だから幸助はそこに突っ込みを入れようとはしなかった。

「で、コースケ。お前に相談したいことなんだが」

「新しいパスタのアイディアですか?」

「あ、ああ。そうだ」

「新しいメニューを増やすというのはお客さんの選択肢が増えるし、飽きにくくなるから、いいことだと思いますよ」

「だろ。トマトベース以外に何かあってもいいと思ってな。コースケならハンバーグみたいに俺らの知らない味を知ってると思って」

「ええ、知ってます。ただ……」

「何だ?」

「メニューを増やすと新しい食材の在庫が増えます。それが気になったんです。肉みたいに売れずに腐って廃棄ってなると、また利益が減っちゃいますからね」

「その辺は俺の技術で上手く作ってやるから問題ない」

「はあ、そうですか。では……」

まだメニューを増やすべきタイミングではないと幸助は感じている。資金に余裕がない今、開発に失敗して経費倒れになるとダメージが大きいからだ。ただ、この世界に来て食べられなくなった「あの味」を食べたいと思っていたことも事実。

（アロルドさんならきっとあの味を再現してくれるはず。今こそ僕の欲求を出すべきタイミングかもしれない）

アロルドへ視線を向ける幸助。と同時にガタッと立ち上がり、アロルドをビシッと指で指す。

そして己の欲望をぶちまける。

「僕は今、カルボナーラが猛烈に食べたいです！」

「お前の食べたいものは聞いてない！」

「それはどんなパスタなの？」

アロルドがすかさず突っ込みを入れ、サラが助け舟を出す。

「クリームベースのパスタ。サラもきっと気に入ると思うよ」

「そうなんだ。ほんといろいろ知ってるんだね。さすがコースケさん！」

（おお、サラの中で俺の株価上昇は留まることを知らないようだ）

「で、クリームベースのパスタなんて見たことないぞ。どうやって作るんだ？」

マールの店ではクリームシチューが提供されていたが、保存手段の少ないこの世界では、市場で牛乳が流通することはほとんどない。幸助も今まで見かけた乳製品はチーズとバターくらいである。

席にかけなおすと説明を再開する。

「材料ですが、生クリームとチーズ、ニンニク、卵、ベーコン、塩といったところでしょうか。ドロっとしてパスタにねっとり絡むイメージです」

「相変わらず抽象的な説明だな。で、生クリームってのは何だ？」

（やっぱりそこ来たか！　全然分からないよ）

「脂肪分が濃くなった牛の乳……じゃないでしょうか」

「そりゃまた大雑把な」

「牛の乳からできていることは確実です。アロルドさんは、どこか仕入先の心当たりはありませんか？　取り扱ってる人なら知ってるかもしれません」

「いや……ない。ただ、街の西門から街の外に出るとすぐに酪農家が何軒かあるぞ」

アヴィーラ伯爵領は魔物除けのため高さ二メートルほどの外壁に囲われている。といっても普段、魔物はそれぞれの生息域にいるのでほとんど襲ってこないが。

出入りするためには東西と南にある門を通らなければならない。

東門を出るとその先には穀倉地帯が広がり、西門を出ると小規模な酪農家が点在する。

「コースケさん、じゃあ明日一緒にそこに行ってみよ！」

「うん、そうしよう」

「明日の給仕はお母さんにお願いしておくね！」

「ちょ、またお前らだけで勝手に決めやがって」

「お父さんは朝から仕込みで忙しいもんねっ」

「ぐぬぅ」

◇

翌日の朝。

晴れる日が多いこの地方の春にしては珍しく、空には雲が広がっている。どんよりとした空は今にも泣きだしそうである。

幸助とサラは今、東西の通りを定期的に往復している乗り合いの馬車に揺られている。

「いてて……。やっぱり慣れないなぁ」

街の外れまで行くため、移動手段に選択したのだった。日本でいうところの路線バスみたいなもので価格も銅貨五枚と安く、市民の大切な足となっている。十二人乗りの座席は満席である。

「コースケさん、あと少し。我慢してね」

「頑張るよ、サラお母さん」

「お母さんじゃないもん！」

「あはは、冗談だよ。何か言い方が母親みたいだったからさ」

「もう、コースケさんったら」

頬を膨らまして怒る仕草をするサラ。プンスカという音が聞こえてきそうである。

揺られること三十分。二人は街の西門へ到着した。

「ふぅ、ようやく着いたよ」

「お疲れ様。コースケさん」

「それで、門の外を出たらすぐに見えるってアロルドさんは言ってたけど」

「うん。こっちだね！」

そう言うとサラは幸助の手を取り走り出し、そのまま門を越える。槍を手にした門番が二人いるが、一人ずつチェックを行うということはしていない。

門の先には一本の街道が走り、左右にはなだらかな丘が広がっている。街道を外れてゆるやかな丘を登ったところで二人は立ち止まった。

「ここだね！」

「おぉ！　すごい」

二人の目の前には新緑を過ぎ濃厚な緑色となった広大な牧草地が広がっている。間隔の粗い柵の向こうでまばらにいる牛が、マイペースに足元の草を食《は》んでいる。その牛たちはホルスタインのように白黒模様ではなく、茶褐色の毛並である。

柵沿いにもう少し先に行ったところに小屋のようなものが建っている。幸助はその建物を指差す。

「あそこに人がいるんじゃないかな」

「うん。行ってみよ！」

二人は五分ほど歩くと小屋の前に着いた。看板はないが建物の中では牛の世話をしている四十過ぎと思われる男性がいた。

搾乳《さくにゅう》された牛乳を入れておく入れ物であろうか、木でできた樽が無造作に並んでいる。

「すみません！」

呼び掛けると男性はその声に気づいたようで世話をしている手を止め、幸助へ目をやる。

「何か用か？」

「はい。ちょっと伺いたいことがあります」

男性は幸助へと近づく。

「何だ？　ここはお前らみたいなガキの来るとこじゃねえよ。俺は忙しいんだ」

「すいません、すぐ済みますので」

「ならさっさとしてくれ」

取っつきにくいなと思いつつ幸助は続ける。

「ええと、生クリームという牛の乳を加工したものを探しているのですが、ご存知ですか？」

「そんなもの知らんな」

「では、牛の乳をレストランに卸していただけるところを探してるんですが」

「あん？　売り先なんてみんな決まってるんだ。ウチだけじゃなくて他の牧場もな。帰った、帰った」

シッシと手を振るとまた自分の仕事へ戻ってしまった。

「そこを何とか」

「うるさい！」

「……」

「コースケさん、もう行こ」

続いて隣の牧場も訪れてみたのだが、結果は変わらずであった。

もともと牛乳の需要が少なく生産量はそれに合わせて少ないため、売り先は全て決まっているとのことだった。

結局何一つ得ることができずとぼとぼと元来た道を戻る二人。気落ちしたサラを励ますように幸助は切り出す。

「まだ酪農家は他にもあるからさ。ちゃんと作戦を考えて違うところを探してみよう」

「うん……」

次の言葉が続かなかった。

朝よりも黒に近くなった空から、ポツポツと涙のような雨粒が滴り落ちてきた。用意していた雨用の外套《がいとう》を羽織る。

「今日は帰ろう」

「うん……」

そして二人とも無言で歩く。外套をたたく雨だけが空しく音を立てていた。

パシパシと幌《ほろ》をたたく雨の音が響く帰りの馬車の中。ここでも二人は無言のままだった。雨に濡れた体が冷える。

やることもないので幸助はぼんやりと外を眺める。

雨に濡れた街にいつもの賑わいはない。薄暗く、色彩のない景色だけが流れていく。

しばらくそのような景色を眺めていると、幸助の眼に見たことのある店が飛び込んできた。その瞬間、幸助の頭の中に一筋の光が差し込んだ。

「そうだ！　僕としたことが、何でこんなこと忘れてたんだ！」

「うん？　どうしたの、コースケさん」

「マールさんに仕入先を紹介してもらえないかな。サラなら付き合いも長いし、教えてくれるんじゃないかな？　紹介だとかなり話が通りやすくなるよ」

「それいいかも！」

幸助は日本での仕事で、紹介の重要性をひしひしと感じていた。紹介というきっかけが一つあるだけで、普段会えない社長に会えたり二つ返事で取引をしてもらったこともある。

だが紹介する側は、する方される方、双方に対して責任を持たなければならないので、そう簡単に紹介してはいけない。下手な人を紹介して逆恨みを買ってしまうと目も当てられないからだ。

早速二人は馬車を降り、マールの店へ行く。

いつでも停まってくれる乗合馬車は便利である。

ドアを開けるとチリンチリンと鈴の音がする。ランチタイムより少し早いせいか雨のせいかは分からないが、店内に客はいない。程なくしてエプロン姿のマールがやって来た。

「何だい、サラとこの前のお兄さんか。こんな雨の日にどうしたんだい？」

「マールさん。今日はお願いがあってお店に来たの」。サラが答える。

「何だい？　サラは妹みたいなもんだ。できることなら聞いてやるよ」

そう言うとマールは席へ二人を案内する。

幸助とサラが隣に並び、サラの向かいにマールが座る。

「マールさんのクリームシチューは牛の乳を使ってるよね？」

「うん、そうだけど。それがどうかしたの？」

「仕入先を紹介してほしいの！　実はお父さんが牛の乳を使ったパスタを作りたいって言ってて」

「そう、いいよ、教えてあげる」

えっ、という顔をするサラ。そんなに簡単に教えてもらえるとは思っていなかったのだ。

ただしと言いながらマールは続ける。

「紹介はするけど仕入れられるかは分からないよ。一応私からもお願いの手紙は書いてあげるけど、生産量自体が限られてるからね」

「いえ、それだけでも助かるよ。ありがとうマールさん！」

「ありがとうございます」。幸助もサラに続く。

その後マールのシチューを食べ身も心も温まった後、アロルドの店へ戻った。

そのまま紹介してもらった牧場へ行こうか少し悩んだが、急いでるわけでもないので天気の良い日に改めようということになったのだ。

◇

そして三日後。

アロルドの店は定休日である。天気も上々。西へ向かう馬車の中にはサラと幸助、そしてアロルドもいる。

「何でお父さんもついてくるの」

サラは少しだけ機嫌が斜めである。

「新メニューの胆となる食材の買い付けだ。お前たちだけに任せてはおけん」

「とか言って本当のところはどうなの」

「だからお前たちだけに任せてはおけんと言ったろ！」

「まあまあ、二人とも」

「コースケ（さん）はどっちの味方なんだ（なの）！」サラとアロルドがハモる。

「今日は天気がいいなぁ」。わざとらしく外を見る幸助。

店のためとはいえサラが幸助と二人きりになる時間が増えるというのは、父親として許せなかったようだ。

西門に着くと、前回訪れた牧場を横目に更に先へ足を進める。一時間くらい歩くと、白に塗られた倉庫のような建物が見えてきた。

「あ、あの建物だね！」

「うん。間違いない。マールさんの言っていた通り白い建物だ」

建物の入り口に着くと、扉には「御用の方は中に入り呼び鈴を鳴らしてください」と書いたプレートが掲げられていた。

「こういうの親切だよねっ、コースケさん」

「うん。確かに」

中に入ると、木目のきれいなカウンターが三人を出迎える。カウンターに置いてある鈴をカランカランと鳴らすと、一人の女性がやって来た。

「こんにちは。どのようなご用でしょうか？」

「こんにちは！　えっと、マールさんに紹介していただいたサラと言います。牛の乳のことで少し相談がありまして」

「あら、マールさんの。ちょっとお待ちくださいね。主人を呼んで参りますので」

そう言い残し奥へと消えていった。待つこと五分。恰幅《かっぷく》のいいオーバーオールを着た男性がやって来た。

「お待たせしました。牧場主のカウサンです。マールさんのご紹介ということですが」

「はい！　手紙を預かってきましたので、まずは見ていただいていいですか？」

「では皆さん、こちらへどうぞ」

そう言われて三人は応接室に通され、ソファーへ腰をかける。

カウサンはふむふむと手紙を読む。程なく読み終わると顔を上げ、サラへ視線を向ける。

「なるほどですね。恐らく生クリームというのはバターを作る途中の乳のことだと思います」

「そうなんですか」

「はい。しかしどこも生産量が限られておりまして……」

カウサンがそう言い淀《よど》むと、やっぱりダメかとサラの眼が少し曇る。

「ただ……」

「ただ？」

「チーズの生産が過剰気味になっていたので、その分をお回しすることはできるかもしれません」

「ほんとですか⁉」サラがテーブルに身を乗り出してカウサンに聞く。

「え、ええ」。ちょっとひきつった顔をするカウサン。

「あと、チーズも必要なんです」

「そちらについては問題ありません。ウチのは二年熟成でおいしいですよ」

その後、生クリームとチーズをサンプルに少しだけ分けてもらい、店へ戻ることとなった。

幸助とサラの顔は今日の天気のように晴れやかだ。そしてここまで一言も発していないアロルドは完全なオマケ状態だ。

「マールさんに感謝だね！　今度報告しなきゃ」

「うん。そうしよう。あ、アロルドさん。カルボナーラはチーズの味が濃厚なのが僕の好みです。完成楽しみにしてますね！」

「お前また完全に丸投げしやがったな」

「僕の専門分野はあくまでも経営ですので。あ、言うの忘れてましたが黒コショウも最後に散らしてくださいね」

「えっ、お前高級品だぞ、黒コショウ」

もう次の出番は試食の時ですねと言い残し、街の西門へ向かう。

「おいしいカルボナーラ、楽しみにしてるね！」

「おいっ、サラまで……」

カルボナーラが完成したのは、それから二週間後のことである。

◇

「いただきます」

『アロルドのパスタ亭』のテーブルに座っているのは幸助とサラ。幸助の前には白い器に盛られたクリーム色のパスタが湯気を立てている。そう。アロルド苦心の作、カルボナーラが遂に完成したのだ。

ところどころ高級品である黒コショウが散らされているパスタをフォークで巻く。濃厚なチーズの香りをふりまくソースが滴ることなくねっとりとパスタに絡みついてくる。パスタを巻いたままフォークの先でベーコンを突き刺すと、口へ運び込む。

（これは!!　なんと濃厚な！　今まで食べたカルボナーラと比べると違う味だけどこっちの方がう

まい！　ベーコンの塩加減とニンニクの相性も最高だ）

幸助の口の中はそれぞれの素材がケンカすることなく融合しあい、得も言われぬ状況となっている。それをじっくりと噛みしめ味わい、最後に飲み込む。

「美味い、またしても予想以上だ。サラはもう食べた？」

「ううん、お父さんの言う『完成形』はまだ食べてないの」

幸助はカルボナーラをサラへ渡す。

「食べてみなよ。これは美味い」

「うん！」

サラはためらうことなくカルボナーラを食べる。

「もぐもぐもぐ……。うんーーー、前より濃厚でおいしいよ！」

片手で自分の頬をなでながら悶えるサラ。

「アロルドさん、これまた本当においしいカルボナーラができましたね」

「ああ。あのチーズが相当に濃厚な味でな」

どうやら酪農家カウサンのチーズが相当な役者であったようだ。もちろん同じ生乳を使っている生クリームの役割も大きいだろう。

それらに加えて卵が織り成す濃厚な味に、ベーコンが旨みと塩気を加え、ニンニクが香りを引き立たせ、黒コショウがピリッと全体をまとめている。

なによりもそれらの素材を暗中模索しながらまとめ上げたアロルドの腕は、特筆すべきものである。

「だが、な。原価がだいぶ高くなったぞ」

「販売するならどのくらいになるんですか？」

「大銅貨十枚だな」

大銅貨十枚ということは銀貨一枚である。ランチの価格としては許容範囲の上限となる。

「それでしっかりと適正利益は取れてますか？」

「……」

無言になるアロルド。

「まさか、トマトバジルパスタよりも利益額が少ないってことはないですよね？」

「……」

「はあ、そのまさかでしたか」

「……ああ」

「ちなみに原価はどのくらいですか？」

「大銅貨八枚ってことだな」

「なら、最低でも大銅貨十二枚にする必要がありますよ」

本来なら五割は利益が欲しいところである。

しかし大銅貨十六枚となると誰も食べてくれなくなる可能性もある。反対に安くしすぎると後から値上げしにくい。値付けは難しい仕事である。

「大銅貨十二枚ならランチタイムの相場は越えますが、背伸びすれば払える金額じゃないでしょうか。ちょっとだけ特別な時に食べてもらえるかもしれませんよ」

幸助が頭の中に描いているのは『女子会』である。

ママ友たちが集まり、千五百円程度のランチに舌鼓《したつづみ》を打ちながら取り留めもない会話をする。そんな使い方をしてくれたらなと考えたのだ。

「別に既存のメニューはそのままなんですから、今来てくれているお客さんにはほとんど影響ありませんし、それでメニュー入りしてみませんか？」

「コースケがそう言うならやってみるか」

こうして『アロルドのパスタ亭』に新しいパスタメニューが追加されることとなった。

◇

カレンダーは六月に変わり数日が経過したある日。太陽は高く昇るようになり、今日はじっとりと汗ばむような陽気である。

幸助とサラ、アロルドはいつもの時刻、いつもの席に集合していた。五月の帳簿ができたということで久しぶりに打ち合わせが開かれることとなった。

「これが先月の結果だそうだ」

アロルドは帳簿を幸助へ渡す。いつも一枚の紙にびっしり書かれていたのが、今回は二枚に渡っている。心なしか文字や数字も大きい。

「では、拝見させていただきます」

幸助は渡された帳簿に目を通す。そこから読み取れるのは、文句なしの黒字という結果であった。

売上から食材の仕入や光熱費などの経費を引いても、一家が生活するには十分な利益が残っている。

立て看板による認知向上、スープ無料サービス廃止による粗利率改善、ハンバーグによる廃棄削減が複合的に作用し合い、このような成果をもたらしたのだ。

ちなみに今のところカルボナーラは始めたばかりなので、帳簿を引き立てるような仕事はしていない。


「完璧です」

帳簿を置き、笑顔でパチパチと拍手をする幸助。

サラがそれに続く。

受け止めるアロルドの顔は誇らしげである。

しばらくして拍手している手を止めると幸助が真面目な顔に戻り、アロルドへ視線を送る。

「僕の仕事はこれでお終いですね」

「ああ、そうなるな。感謝するぜ」

「えっ、コースケさん。それはどういうこと？」

そう言いながら幸助とアロルドの顔を交互に見るサラ。少し混乱しているようである。

「あのね、サラ。僕の仕事はこのお店を黒字化するっていうことだったんだ。これでお店は黒字になった。だから僕はもう今までみたいに関わることはないんだ」

「そ……そんな」

幸助とアロルドが契約の条件などを詰めている時、サラはその場にいなかった。従って、黒字化したら幸助の役割が終了ということを知らなかったのだ。

「サラと一緒に仕事をするのはこれでお終い、かな」

「お終いだなんてやだよ。ずっとコースケさんと一緒にお店を良くしていきたいよ……。新しい料理、また一緒に作りたいよ」

プルプルと体を震わすサラ。一筋の煌《きら》めくものが眼から溢れてきた。

「でもね、サラ。いつまでも僕に頼ってちゃいけないんだよ。もうお店だってサラたちだけでちゃんと経営できるはずだしね」

「で、でも……またお店には来てくれるよね」

「もちろん。僕だっておいしいパスタは食べたいしね」

幸助はサラの涙をそっと拭く。

「ほら、お別れじゃないいんだからさ」

「う、うん。分かった」

まだ客として来てくれるということでサラも少しは落ち着いたようだ。

「そうだ、アロルドさん」

「うん？　何だ」

「せっかくだから黒字達成を記念して皆でパーティーをしませんか？」

　幸助はアロルドへ打ち上げをしないかと提案したのだ。この世界にそのような文化があるかは知らない。だが、幸助の勤めていた会社ではプロジェクトが成功裏に終了した場合、必ずチームメンバーで打ち上げをしていた。メンバー同士のねぎらいが大切だから、と先輩からは聞いていた。次のプロジェクトへの活力にもなる。ちなみにプロジェクトが満足のいかない結果に終わった場合でも、反省会という名の打ち上げはあったのだが。

　立て看板、ハンバーグ、カルボナーラ。

　たった二ヶ月ではあったが、見知らぬ世界に来て孤独だった幸助が初めて仲間と一緒に成し遂げたプロジェクトだ。喜びもひとしおである。

「おう、それはいいな。俺が腕によりをかけてご馳走を作ってやる」

「ありがとうございます。サラもパーティーでパッと楽しもうよ」

「うん！」

◇

　そして次の定休日。

「乾杯!!」

夜の帳が下りた頃、店名プレートが裏返っているアロルドのパスタ亭にカップを合わせる音が響く。カップの中身は、サラはジュースで大人達はワインだ。火の灯ったランプが店内を淡く照らし出している。

「コースケさん、どう？」

そう言うとサラはワンピースの裾をつまんでポーズをする。

黒字化達成記念に新しく買ってもらったワンピースである。白い生地で腰には大きなリボンがついているシンプルで清楚なデザインだ。

「うん、すごく似合ってる。可愛いよ」

「あ、ありがとっ！」

可愛いという言葉で頬を朱に染めるサラ。だが、照明が暗いので幸助はそれに気づかない。

テーブルには様々な料理が並んでいる。まるでクリスマスパーティーのようだ。レッドボアのステーキ、ハンバーグ、サラダ、カルボナーラ、異世界特有の得体のしれない食べ物。

もちろん真ん中はトマトバジルパスタである。

「うん、おいしい！」

「おいしいねっ。さすがお父さん」

「まあな」

一心不乱に食べる二人。

「おいおい二人とも、ゆっくり食べても食いもんは逃げてかないぞ」

「いいの、お父さん。でき立てでおいしいうちに食べるのが一番なの！」

幸助はサラダを食べた後、きれいな焼き目のついた肉に手を伸ばす。レッドボアのステーキだ。

「相変わらずジューシーでおいしいな」

幸助がステーキに舌鼓を打っていると、その横にアロルドの妻であるミレーヌがやって来た。サラと同じ真っ赤な髪のミレーヌの顔にも笑顔が溢れている。

この世界は結婚が早い。幸助が今までに得た情報によると、この国の成人は十五歳で、女性は二十歳になるまでにほとんどの人が結婚するらしい。母とはいえ三十歳そこそこであるミレーヌには若々しさがある。幸助はその姿を見てアロルド爆発してしまえと何度思ったことか。

「コースケさん、本当にありがとうね」

「いえいえ、僕は自分の仕事をしただけですから」

「あと少しで店を畳まなきゃいけなかったのよ。一家を救ってくれて本当に感謝してるわ」

ミレーヌはまだ内職をしているためあまり店には顔を出していないが、経理だけはずっとやっていたため一番数字の変化を感じていた。

「こちらこそありがとうございます。久しぶりに充実した時間を過ごせました」

「あのね、コースケさん。お父さんとお母さん、ほとんどケンカしなくなったんだよ」

「サラは余計なこと言わなくていい」

「うぅ……。だって本当のことだもん」

「あはははは、よかったじゃないか」

両親がケンカしなくなった。サラにとっては大きなことである。

働いている人間は得てして仕事の良し悪しを家庭に持ち込んでしまう。これは仕方ないことだ。だからこそ仕事が充実しお金に困窮することが無くなれば、家庭内も明るくなるものである。その逆も然り。

家族経営である『アロルドのパスタ亭』では、それが顕著に表れていた。アロルドは材料にこだわり、ミレーヌは資金にこだわる。だからお互いの主張は平行線となっていた。

味を落としたら客足は減るし資金が尽きれば営業できなくなる。どちらの主張も正しいのだ。

そこに突然現れた幸助が、誰もが思いもつかない手法を駆使し、短期間で見事に解決してみせたのである。だからこそ、サラの中で幸助は救世主でありヒーローのように見えていたのだ。


店から漏れる賑やかな声は、その後数時間続くこととなった。そして宴もたけなわ。お開きの時間がやって来た。幸助を見送るために皆ドアの前に集まっている。

「アロルドさん、ご馳走様でした」

「おう。いろいろ世話になったな。また食べに来いよ」

「もちろん。あと、来月から報酬の支払い、忘れないでくださいね」

「この雰囲気でそれを言うか！　大物になるな。お前、いや、コースケは」

「また遊びに来てね、コースケさん」

「はい。また来ます、ミレーヌさん」

「コースケさん!!」

ガシッと幸助に抱き付くサラ。髪の毛からふわっと石鹸のいい匂いが香ってくる。控えめだけれど柔らかい何かが当たる。全神経をそこへ集中する幸助。

「コースケさん、毎日パスタ食べに来るんだよ」

「ま、毎日は無理だけどできるだけ来られるようにするよ」

「絶対、ぜったい、ぜえったいだよ!!」

「うん。約束する」

ポンポンと頭を優しくたたくと、サラは幸助から離れた。瞳には今にも零れそうな涙を溜めている。

「サラはそんなに泣き虫さんだっけ?」

「そんなことないもん!」

言葉とは裏腹にこぼれ出る涙。いつの日かと同じようにサラの涙をぬぐう幸助。

「ありがとう、コースケさん」

「また、ね。サラ」

「またね。コースケさん!」

「それでは皆さん、お世話になりました」

頭を下げるとギィと重厚なドアを開け、外へ出る。ドアを閉めようとするとサラが手を振っていたので振り返し、その場を後にする。

日中とは違う涼しげな風がアルコールで火照った頬を撫でてくれる。ちなみに頬が火照っている原因は他にもあるのだが。

少し歩くと振り返る幸助。店の小さな四つの窓からは淡くも暖かい光が漏れている。

（みんな、本当にありがとう）

たった二ヶ月間の出来事であったが、幸助にとってはとても内容の濃い時間となった。

サラ、アロルドと出会い、店舗改善を完遂し、初めて自分の存在価値を確認することができたのだから。

無責任に召喚され右も左も分からなかった異世界。何の目的も持たずにただただ旅をし、ダラダラと過ごしていた半年間と比べると雲泥の差である。

宿へ帰る道すがら、サラリーマン時代にくすぶっていた感情が湧き上がってくるのを感じる。

（そういえばサラリーマン時代にずっと抱いていた夢があったんだよな。いずれ自分の会社を持って、より多くの人の役に立つんだって。具体的に何をするっていうのは決めてなかったけど、もしかしたらここで今してきたことなのかもしれないな。よし、この世界でその夢を叶えてみよう！）

そう心に誓う幸助。この決心が今後、国をも巻き込んだ壮大な展開になることを幸助はまだ知らない。

◇

ランチタイムも終わりに近い午後二時。アロルドのパスタ亭は最も忙しい時間を終えたところである。

一応店は三時まで開いているが、二時以降に来店する客は稀だ。先ほど最後の客を見送ったサラはテーブル拭きに勤しんでいる。

「ふぅ。今日もお客さん、いっぱい来てくれたなぁ」

心地良い疲れに包まれているサラ。本日の来店客は初めて三十人を超えた。そろそろ一人で給仕を務めるのも限界である。

家計を支えるため内職をしていた母ミレーヌが来月からフルタイムで手伝ってくれるので、それまでの辛抱だ。

カルボナーラの影響か、最近では裕福な家の子女であろう良い仕立ての服を着た客たちも来店するようになった。皆、カルボナーラとオニオンスープのセットを注文し、楽しそうな女子トークを繰り広げながら食べている。話に夢中になり滞在時間が長くなりがちだが、客単価は順調に上昇中だ。

最後のテーブルを拭き終える。さて次は皿洗いだと厨房へ行こうとした時、馬車が停まった音に気づく。

「あれ、誰だろう？　こんな時間に」

小さな窓から外を窺うサラ。耳に聞こえた通り、やはり馬車が店の前に停まっていた。その馬車を見てはっと息をのむ。

今までも馬車で来店する客はいたが、今日の馬車はいつもと少し違うのだ。くどくない程度に華美な装飾が施されており、ひと目で身分の高い人が乗るものだと分かる。そして何より目を引いたのは、領主であるアヴィーラ家の紋章が刻み込まれていたことである。

「あわわ……りょ、領主様の馬車⁉」

アヴィーラ家の紋章が刻まれているということは、領主一家とそのお伴しか乗ることはできないということはサラも知っている。

この街で一番身分の高い人がこんなちっぽけな店に何の用なのか。不安で胸いっぱいになるサラ。

先に降りたピシッとした黒服を身に纏《まと》う初老の男性が馬車のドアを開けると、サラと同じくらいの年であろう銀髪の少女が降りてきた。

二人が何か会話をしている。サラはその会話に耳を傾ける。

「お嬢様、こちらにございます」

「ここなのですね。最近市井《しせい》で噂の『かるぼなあら』とやらを出しているお店は。お洒落な佇まいですこと」

「どうぞお入りください」

会話から、来たのは領主ではなくその令嬢と推察するサラ。どうやらカルボナーラが目当てのようである。それを聞いて少し安心する。

黒服を着た男性がドアに手をかけるとギィと音がし、店内に光が差し込む。そしてシンプルだが仕立ての良い水色のドレスを纏った少女が店内に入ると、その後に男性が続く。

「い、い、いらっしゃいませっ!」

慌てて礼をしようとするが作法が分からない。領主家など、サラからすれば雲の上の存在である。

領主どころか下級貴族とすら何の接点もない。あたふたしていると、少女は微笑みながら言った。

「畏《かしこ》まらないでくださいませ。本日はお忍びですので」

「は、は、はい！」

「あなたのお店、『かるぼなあら』という素敵なパスタを食べさせてくれると友人の間で話題持ちきりですのよ。わたくしも食べたくなって来てしまいましたの」

「は、はい！　ではこちらの席へどうぞ！」

貴族や富裕層は通常、街の北側にある貴族街にあるレストランを使うことが多い。従って、平民が使うこのような店に行くことは滅多にない。ましてや今日来店したのは領主の令嬢である。サラが慌てるのも無理はない。

「セバスチャンもご一緒してくださいませ。わたくし一人で食べるのも寂しいですから」

「畏まりました、アンナお嬢様。では失礼します」

伯爵令嬢の名前はアンナ・アヴィーラである。領主であるアルフレッド・アヴィーラ伯爵の五女で、サラと同じ十四歳。普段は徴税担当の官吏に同行し地方の村を巡察したりする行動派である。

アンナはここ最近、友人の集まる茶会で何度もカルボナーラという聞いたことのないパスタの名前を耳にしていた。聞いたことのない名前のパスタ、しかもおいしいと評判である。居ても立ってても居られなくなり、わざわざ足を運んだのだ。

「どんなお料理か楽しみですね」

「ええ。何でも牛の乳とチーズをふんだんに使用しているそうですよ」

「まあ、それは珍しいですね」

しばらく待つとパスタが出来上がったようである。サラが手に二枚の皿を持ち、二人の座るテーブルへやって来た。

「お、お待たせしました！」

「こちらが、か、カルボナーラです。ごゆっくりどうぞ」

サラの緊張はまだ解けないようである。配膳を終えると足早に厨房へ戻ってしまった。

「まあ、何ておいしそうなパスタですこと。早速いただきましょうか」

「はい。そう致しましょう」

アンナは上品な仕草でフォークを手に取ると、パスタを絡め取り小さな口へ運ぶ。それを見届けるとセバスチャンも続く。

「こ、これは。何と濃厚な味ですこと。屋敷でもこのような味、食べたことないです」

左手を握り頬の横で上下し、おいしいという仕草をする。その行為をセバスチャンが窘《たしな》めようとしたが、今日はお忍びということで見なかったことにする。

「ええ、これはすごいですね」

「牛の乳とチーズだけではこのように濃厚にはならないです。どのような工夫を凝らしているのでしょうか」

「申し訳ありませんお嬢様。私も分かりかねます」

味の決め手はチーズと生クリームである。しかし生クリームは一般には流通していないので、分からないのも無理はない。

「皆さんがおいしいと口を揃えておっしゃるのが、よく分かりますね」

「そうでございますね」

濃厚な味に手が止まらなくなったようで、黙々とパスタを口に運ぶアンナ。あっという間に完食してしまった。

「おいしかったわ。またすぐにでも食べに来たいですね」

「お嬢様、あんまり自由に出歩いては、この私め領主様に顔を合わせられなくなってしまいます」

行動派のアンナは時に屋敷を抜け出して街をぶらつくことがある。本人は息苦しい貴族同士の付き合いから抜け出せる息抜きのつもりであるが、貴族という身分上、誘拐などの危険も考慮せねばならない。

そのたびに父である領主から叱られるのは教育係でもあるセバスチャンなのである。

「そうですね。次に来られるのはいつになるのでしょうか」

両手を頬に当て物憂げな表情をするアンナ。余程気に入ったようだ。

それを横目に会計を済ませるためセバスチャンがサラを呼ぶ。程なくしてパタパタとサラがやって来た。

「とてもおいしかったわ。かるぼなあら」

「ありがとうございます！」

「ところで、このような創造性に溢れるパスタ、どのように考え出したのですか？」

料理店にそのままレシピを聞くのは失礼にあたると思い、遠回しに聞く。

「えっとですね、これはコースケさんが教えてくれたんです。他にもいろいろお店のために教えてくれたんですよ」

「はて、コースケさん。聞いたことのないお名前ですね」

「フレン王国出身でこの街には最近来たばかりなんです」

「そうでしたか。ありがとうございます」

期待していた回答とは違ったが別の情報が手に入ったため、そこで切り上げるアンナ。話が終わったことを察し、セバスチャンが会計の銀貨を三枚渡す。

「お釣りを持って来ます。少々お待ちください」

「いえお嬢さん。お釣りは取っておいてください。この年で久しぶりに感動的な体験をさせていただきましたので」

「えっ、でも」

「いいんですよ。またおいしい料理を街の皆さんに提供してくだされば」

「は、はい！　ありがとうございます！」

ようやく緊張が解けたようで、笑顔で二人を見送るサラ。こうして領主令嬢の来店という『アロルドのパスタ亭』開店以来の大きな出来事は幕を閉じた。


帰りの馬車の中。

「セバスチャン。フレン王国では牛の乳を食事に使う文化はあったかしら？」

「いえ、お嬢様。聞いたことがございません」

もともとこの辺り一帯の国々は温暖な気候のため、酪農自体あまり行われていない。アヴィーラ伯爵領が少し特殊なのである。

「それなのにフレン王国の方に教えてもらったというのは気になりますね」

「ええ。しかし、こちらに来て自ら発想されたのかもしれません」

「そうですね。コースケさんとおっしゃっておりましたか。そのお名前、一応覚えておきましょう」

こうして幸助の名は領主令嬢の耳へ届くこととなったのだ。

かいぜん!

用語集 第1章

認　知【にん・ち】

本作では「店の存在を知る」という意味で使用。『アロルドのパスタ亭』の場合、客が購入（来店）に至るまでには大雑把だが次のステップを踏む。

1．店の存在を知る
2．取扱商品を知る
3．それを欲しいと思う
4．それが買えると知る（金銭的に）
5．店へ入る

これらが一つでも欠けていると売上を作ることはできない。機械の歯車が一つでも欠けていると、期待される動作をしないことと同様である。

本章では、立て看板を使用し、一～四までをまとめて解決。これは、店の前を通る通行人が多いからこそできたことでもある。もし裏路地に立地していた場合、幸助は別な解決法を取っていた。

問題点と強み【もんだいてん・と・つよみ】

幸助は、店舗の現状分析と対応策を検討するため、問題点と強みに焦点を当てた。これはＳＷＯＴ分析を幸助流にアレンジしたもの。ＳＷＯＴ分析とは「機会」「脅威」「強み」「弱み」の四方面から自社を分析し、戦略に落とし込む手法。

依　存【い・ぞん】

コンサルタントが一から十まで解決策を教えてしまうと、受ける側はそれに依存してしまう可能性がある。その結果、コンサルティングによって業績改善したとしても、コンサルタントがいなくなると何も考えられなくなり、元の問題店に戻ってしまうこともある。

閑古鳥が鳴くという「結果」が出るということは､何らかの「原因」がある。「立て看板を置く」という手法ではなく、その原因を見つけて解決策を紐解いていく思考法を身につけなければならい。

ただし、本当に切羽詰っている場合は悠長なことなどやってられない。場合によってはすぐに結果の出るカンフル剤の投入（経験上短期的に結果の出やすい手法を取ること。ただし反動もある）も必要。

その他【その・た】

・大出血時には、まず止血をする（赤字垂れ流しの場合は、まず資金の流出を止める）。
・紹介は強し。ただし、紹介する方、される方共に責任が伴う。
・回転率（座席）：一定期間（ランチタイムなど）で席一つに対して来店客が何人来たか。
・粗利：売価から仕入原価を引いた金額。

第二章 食料品販売店編

KAIZEN!

consultant's
log of struggles
in
another world

「おわっ、すごい金額だな。アロルドさん無理してるんじゃないか」

『アロルドのパスタ亭』の改善が完了してから一ヶ月。幸助は、商業ギルドに来ていた。

石造りで二階建ての立派な建物は商業街の中心にある。長いカウンターでは多くの商人らしき人が何らかの手続きをしている。日本の銀行のような光景だ。

カウンターの向こう側には受付嬢がいる。皆顔立ちの整った若い女性ばかりである。採用基準は間違いなく顔だなと幸助は推察する。

二階は大小さまざまな会議室があり、ギルド主催の勉強会や商人同士の商談に使用されている。ちなみに幸助はまだ二階には行ったことがない。初めて商業ギルドに来た時に、説明で聞いただけである。

暦は七月を迎えた。外ではギラギラと真夏の太陽が照り付けている。しかし湿気は高くない。従って、石造りで直射日光が遮られているギルド内は汗ばむほどではない。

幸助が商業ギルドに来た目的は二つある。一つはアロルドからの報酬が振り込まれているか確認すること。もう一つは事業者登録をするためである。

現在幸助のいるマドリー王国で営利目的の事業を行う場合、必ず事業者登録を行う必要がある。そして業績により所定の税金を納めなければならない。

農業は収穫高の五割。幸助のような商業の場合は利益の五割である。

ここで言う利益とは「売上から仕入を引いた金額」すなわち粗利のことである。日本の企業のように粗利から人件費や光熱費などの経費を引いた後に残った金額に対して課税されるわけではないので、税率はかなり高いものである。しかしこれでも周辺の領地と同等か少し低いくらいなのだ。

もっとも、正確な収益を把握することはできないため、商業の場合ほとんど申告制のようなものとなっている。ただし稀に抜き打ち検査はあるようだ。

事業者登録を済ました幸助はもう一つの目的である口座残高の確認のため、カウンターで手続きをしていた。

結果、アロルドから金貨三枚分の入金があったことが判った。これは一般家庭の一ヶ月分以上の生活費である。幸助が驚くのも無理はない。

「これだけ支払えるってことは固定客も定着してきたのかな。またパスタ食べに行かなきゃ」

手続きを終え商業ギルドを後にする。外に出ると再び真夏のギラギラした太陽が幸助を迎える。

「さて、と。何をしようかな」

商業街のメインストリートを歩く幸助。今日も様々な商店が軒を連ね、来店客と賑やかな喧騒を作り出している。

その中を特にあてもなく歩く。

あれ以来、事業を立ち上げると決めたものの具体的な仕事はしていない。いや、新規顧客と出会ってないと言い換えることもできる。そうそう都合よく幸助を頼ってくれる人は現れないものである。

「パスタ以外のおいしいものが食べたいなぁ。できれば米とか。まだこっちに来てから米に出合ってないんだよなぁ」

幸助は故郷の懐かしい味を思い出していた。何にでも合う白い米。粒がツヤツヤ光る麗《うるわ》しい米。

どこかに売ってないものかと思案する。

幸助が召喚されたお隣の国フレン王国には米はなかった。麦を粥《かゆ》のようにして食べることはあったが。

そういえばマドリー王国ではまだあまり探していない。とりあえず今日の目的を米探しに設定する幸助。

牛丼、親子丼、天丼などと考えつつ歩いていると、穀物屋らしき店舗が目に留まった。米への淡い期待を持ちつつ店に入る。

「らっしゃい、旦那。今日はどのようなご用向きで」

店員であろう細身の男性が声をかけてきた。

小麦や大豆などが店内に所狭しと並んでいる。中央には大きな秤《はかり》がある。この国の穀物は量り売りが基本である。客が必要量を店員に告げ、店員がその量を量り袋などに詰めるという方式だ。

ざっと見たところ米はなさそうである。物は無くてもせめて情報が得られればと思い、幸助はとりあえず店員に聞く。

「すいません。ここにお米っていう穀物はありますか？」

「お米？　そんなの聞いたこたぁないな」

米という単語自体が通じないのかもしれない。そう思い別の言葉で表現する。

「このくらいの粒で炊くとモチモチしておいしいんですが」

「へへッ、知らねえな。あんさんこの辺の人じゃないだろ？」

「ええ、そうですが」

「この辺じゃ穀物は小麦って相場がきまってるんだよ」

「そうですか、ありがとうございます」

やっぱりないか、と諦め店を出る幸助。

「なんも買ってくんねーのかよ、ヘッ。冷やかしなら他所でやってくれよな！」

先ほどの店員が幸助に聞こえるように悪態をつく。幸助は不快感に目を細める。

（何だよ、感じの悪い店だな）

日本でそんな態度だったらあっという間にネットで炎上するぞと思いながら通りを歩く。イライラしているのか足を進めるペースがやや速くなる。

しばらく歩くと先ほどとは別の穀物屋が目に入った。通りに面する部分が全面的に開放されているので、この界隈の店は何屋か分かりやすい。

店頭に置かれている小麦を目にすると、幸助は暇が故に余計なことを閃く。

（そうだ！　パンを自分で作ってみよう。こっちのパンは固くておいしくないからなぁ。白くてフワフワのが食べたいや。パンなら小さい頃に母親と焼いたことあるし、できるかもしれないぞ。うまくできたらトマトバジルパスタとセットで食べるのもいいな）

思い立ったら吉日とばかりに早速穀物店に入る。

出迎えてくれたのは、しっとりとした紫色の髪を腰まで伸ばしている女性だ。歳は二十代後半であろうか。大人の色気を感じ、ドキッとする幸助。

「あら、いらっしゃい。見ない顔ね」

「ええ。最近この街に来たばかりですので」

定番となったやり取りを交わす。やはり典型的な日本人顔の幸助は、ヨーロッパ人のような外見の人が多い国では目立つようだ。

「何を探してるのかな。お兄さん」

「小麦粉を一キロいただこうと思いまして」

「あいよ。小麦は何に使うんだい？」

本当のことを言おうか悩んだが、別に隠す必要もないことに気づき素直に答える。

「はい。パンを作ろうと思いまして」

「ふふっ。パン作りだなんて可愛いことするのね」

突然笑われたことで戸惑う幸助。

「ああ、ゴメンゴメン。あのね……」

店員の説明によると、この世界では仕事以外で男性が料理をすることは珍しいようだ。アロルドの姿ばかり見ていたので、その常識には気づかなかった幸助。特にパン作りは女の子が趣味ですることが多いらしい。

「そ、そうなんですね。この辺では食べられないパンを作ってみようと思いまして」

「へぇ、そうなんだ。頑張ってね、お兄さん」

そう言いながら秤で一キロ分に取り分けた小麦を袋に詰める。代金である大銅貨二枚を店員に渡すと、代わりにその袋を受け取る。

「そういえば、向こうにも小麦を売ってる店がありましたけど、品種とか何か違うものを扱ってるんですか？」

そう言いながら今来た道を指差す幸助。店員の顔に少し影が差したように感じる。

「ああ、あの店ね。扱ってる商品も値段もみんな同じだよ。商業街で売ってる小麦はみんなこの辺で採れたものだからね。ウチより安いのは大抵古い麦だから気をつけて」

（そういえば古い小麦のせいでアレルギーのショック症状が出るってテレビで見たことあるな。変なのを買わないように気をつけないとな）

「貴重な情報、ありがとうございます。あ、あと一つ質問があるんですがいいですか？」

米の話を聞いてなかったことを思い出した幸助。ダメ元で店員に聞いてみる。

「お米っていう穀物は知ってますか？　炊くとモチモチしておいしい穀物なんですが」

「ううん、この辺では聞いたことないねぇ」

やはりこの店員も知らないようである。

「そうですか。ありがとうございます」

「いいえ。また来てね」

穀物屋を後にすると、そのまま宿へ向かう幸助。

途中の屋台で大きな串焼きを五本買い、昼食代わりにする。

「お、らっしゃい！　いつもの五本でいいかな？」

「はい。それでお願いします。」

もう常連である。

見た目は焼き鳥のようであるが、実際に何の肉かはよく分からない。塩だけというシンプルな味付けだが柔らかくておいしいので、幸助のお気に入りである。

屋台の前で手早く串焼きを食べ終えると串を捨て、再び宿へ足を向ける。

宿に入り受付でカギを受け取る。もう三ヶ月も同じ部屋に泊まっている。従って完全に顔パスである。

「ふう。疲れたな」

二階に上がり部屋に入ると、もわっとした熱気が幸助を出迎える。

ばすっと乱雑に小麦の袋を机へ置き窓を全開にする。涼しくはないが心地良い風が部屋に流れてくる。それと同時にすぐ前の通りの喧騒も部屋に流れてくる。

「さて、と。早速パンづくり計画だ」

そう言いベッドへ腰かける。

そして母と行った昔のパン作り体験を、深い記憶の海から手繰り寄せる。

「ええと、確か小麦粉に水を入れてイースト菌を……」

「……イースト菌って何だ？」

「天然酵母食パンってのがあったよな。酵母とイースト菌って関係あるのか？」

「発酵させればいいんだよな。どうしたらいいんだ？」

「ｇｇｒｋｓ。だができない」

「せめてオフラインウィキ◯ディアでもあったらな」

ありもしないものを望む幸助。どれだけ文明の利器に頼り切っていたのか実感する。

「仕方ない。諦めよう。小麦粉はアロルドさんにあげよっと」

諦めも早かった。そしてふと、自宅のクローゼットにしまいっぱなしの作りかけのプラモのことを思い出すのであった。

◇

幸助がパン作りをしようと決めた翌日。パン作りを諦めた次の日のこと、とも言える。空には雲がかかっているので昨日と違って過ごしやすい。時刻は午前十一時。ちょうどアロルドのパスタ亭が開店する時間だ。

ギィ。聞きなれたドアの開く音。

いつもと変わらないバジルの香り。

心なしかホッとする幸助。

「あ、コースケさん、いらっしゃい！」

厨房からサラがパタパタと駆け寄る。尻尾があるなら全開で振られていそうである。トレードマークの真っ赤なポニーテールも揺れている。

「サラ。今日も元気だね」

「うん！　コースケさんが来てくれたからね」

「ありがと。それでこれ、アロルドさんにお土産」

そう言うと幸助は袋をサラへ渡す。

「何、これ？」

「どこにでもある普通の小麦粉。せっかく買ったんだけど使い道無くって。お店で使ってよ」

「何で小麦粉なんか買ったの？」

「えっと」

もっともな質問である。昨日穀物屋の店員に笑われたので本当のことは隠すことにしていた。

「ちょ、ちょっとした研究に使おうと思って。でも、うまくいかなかったからその残りの使い道に困ってね」

「そうなんだ。いろいろ物知りの幸助さんなのに、研究もしてるなんてすごいね！」

（パン作りに挫折したなんて絶対に言えないな。それにしても何の研究に使えるんだろう。粉塵爆発とか？）

「あ、ありがとう」

トマトバジルパスタを食べに来たんだと言いながら客席に着く幸助。ちょうどそこへアロルドがやって来た。

「元気そうだな」

「アロルドさんも」

「ああ、おかげで毎日順調でな」

相変わらずその表情は職人の厳しい目つきではあったが、口角は上がっている気がする。

「報酬ありがとうございました。結構な額が振り込まれてましたけど、無理してません？」

「ああ？　そんなことで見栄張るわけねぇだろう！」

「そ、そうですよね」

「よし、パスタは今から作るからな。ちょっと待っとけよ」

「はい、よろしくお願いします」

キッチンに帰ろうとしたアロルドは足を止めて振り返る。

「あ、あとよ。もし他の味のパスタを知ってたら、今度教えてくれよな」

「はい。僕が食べたくなったらその時お願いに来ますよ」

「またお前の好みか！」

ま、その好みのおかげでウチは儲かるようになったんだったなと言い残し厨房へ戻るアロルド。

このやりとりもいつも通りである。

十分ほど待つとサラが幸助の前にプレートを置く。いつも見慣れた白い皿でなく、長方形のプレートだ。そこには、トマトバジルパスタとサラダ、小さめのハンバーグが載っている。プレートの横には見慣れたオニオンスープのカップが置かれた。

「お、ワンプレートランチを始めたの？」

「ううん、まだ始めてないんだけどね。まずはコースケさんに見てもらいたくて」

「すごいじゃないか、サラ。自分たちだけで新しいことを考えられるなんて」

僕の故郷でもこうしたセットメニューは流行ってたよと伝えると、サラは顔をほころばせる。

「ありがと！　これ、私が考えたの！」

「そうなんだ。さすがサラ。値段次第では人気メニューになると思うよ」

既存のメニューを組み合わせてセットにし、新しいメニューにするという手法はなかなか使える手である。飲食店だけでなく小売店でも使える手法だ。ジャパ◯ットた◯たが良い例である。

組み合わせることによりその店独自の商品となる。単価が上がるだけでなく、価格の比較がされにくくなるというメリットもある。

教え子の成長に喜びを感じつつ、セットメニューを食べる幸助。組み合わされてはいるが、それぞれの味はさすがのアロルドクオリティである。

あっという間に食べ終わる。食べ終わった頃には続々と客が来店し、まだ十二時前というのにほとんど満席となる。


「幸助さん、またね！」

ランチを食べ終えると、サラに見送られ店を後にする。やはりこのトマトバジルパスタが一番美味いなと改めて実感する幸助。ちなみに支払った会計は大銅貨十二枚である。

空を見上げると、来た時よりも雲が厚い。このまま宿に帰るか商業街をブラブラするか悩む。するとがないなど、サラリーマン時代には考えられないことである。

（とりあえず腹ごなしに商業街でも歩くか）

幸助の宿は商業街にある。雨が降ったらすぐに帰ればいいという判断から、今日もいろいろな店を見て回ることにしたのだ。

東西に走るメインストリートと南北に走るメインストリートの交差点を越える。交差点はロータリー式になっており、中央にはちょっとした公園がある。

程なくして毎日泊まっている宿も通り過ぎる。

さて、何屋に入ってみようかなと考えながら歩いていると、女性と目が合った。

「あら、昨日のお兄さん」

「あ、穀物屋の店員さん。昨日はどうも」

「穀物屋だなんて、ウチは『ルティアの小麦店』っていうんだよ。ちなみにあたしがそのルティア」

「ルティアさんですね。僕は幸助っていいます」

よろしくお願いしますと言いながらルティアへ視線を送る。服装は薄着の上に麻でできた厚手のエプロンだ。改めて見ると、エプロンの大きなふくらみに気づく。E、いや、Gはあるなと推察する幸助。

一瞬だけ目をやると、すぐに視線を逸らす。女性は胸を見る男の視線にすぐ気づくと聞いたことがあるからだ。

「ふふっ。それでコースケ、おいしいパンはできたのかしら」

お姉さんも食べてみたいなとイタズラっぽい視線を幸助へ送る。先ほどの視線は既にバレていたのかもしれない。

「あ……、あのですね」

「なあに？」

幸助は慌てて思考を巡らせる。まだ作ってないと言えば嘘になるし、諦めたとも言いづらい。それなら試行錯誤中ということにしよう。そう決めて返事をしようとした時、店の前に馬車が停まった。

商人がよく使用する荷馬車である。御者台《ぎょしゃだい》から一人の男性が降りてきた。

「サンチョスさん」

男性に声をかけるルティア。どうやら知り合いのようである。

「おやおや、今日は珍しく来客中でしたか。お話はまた後ほどの方がよろしかったでしょうか？」

来客中と言った時に幸助を値踏みするように見る。どうやら自分のことが邪魔なようだと踏む幸助。

「コースケ、すぐ話は終わるからちょっと待っててね」

取り立ててルティアと話をするようなことはなかったが、暇である幸助はそのまま待つことにする。

「割り込んでしまったようで申し訳ありませんね」

「いえ、お気になさらず」

サンチョスと呼ばれた男性は、幸助に一言だけかけるとルティアと向かい合う。

後頭部はだいぶ寂しくなっている。五十歳は越えているのだろうと幸助は推測する。

「今月はどれくらい必要になりますか?」

「先月よりも百キロ減らしてちょうだい。まだ在庫がしっかり残ってるの」

サンチョスは小麦の卸売商であった。今日の訪問目的は、ルティアに今月の仕入量を聞くことだ。

「おやおや、今月も減らすのですか。あちらのお店は絶好調で伸びていますよ」

「あちら」というのは、昨日幸助が訪ねたもう一軒の穀物屋のことである。昨日の不快な出来事を思い出して顔をしかめる幸助。

(あんな店主でも業績が伸びているのか。世の中分からないものだな。僕だったらあんな店、二度と行かないぞ)

日本の買い物体験に慣れている幸助は、昨日のことをまだ根に持っている。ツ◯ッターでもあったら、すぐにでもつぶやきたいと思ったくらいなのだから。

「これ以上取扱量が減ると、単価が上がってしまいますよ」

「知ってるよ、そんなこと。売れてないんだから仕方ない」

「困りましたねぇ。私としても大切な小売店さんには儲けていただかないと」

売り先が無くなっては困りますからねとイヤミったらしく続けるサンチョス。

サンチョスは周辺の農家から小麦を買い取り小麦粉などに加工し小売店に卸している。

卸価格は一ヶ月間の取扱量で変動するという設定だ。多ければ単価は安くなるし、少なければ高くなる。至極当たり前である。

「先代がされていたように、住宅の戸別訪問販売をされてみてはいかがでしょう?」

「それはしないと言っている」

「ルティアさんのことを思って言っているのですがねぇ……。まあ仕方ありません。また来週小麦を持って来ます」

先代からのお付き合いなんですからお店をなくさないでくださいねと言い残し、サンチョスは去って行った。

「ったく、もう。訪問販売なんてきょうび流行らないよ」

馬車から巻き起こった生ぬるい風が砂埃を立てる。ため息をつきながらルティアは幸助の元にやって来る。

「よかったんですか？　僕ここにいて」

「いいんだよ。誰かに聞いてもらわないとやってられないよ。ほんとに」

唇を噛みしめるルティア。何か大変みたいですねと幸助が続けると、ルティアが店内の隅にある小さな席へ幸助を誘う。

「まあ、立ち話もなんだからここにでも座ってよ」

「あ、はい」

案内されたのは丸椅子二つに八十センチ四方くらいの小さなテーブルという、こじんまりした場所だ。買い物に来た客と会話するのに使っているのであろう。

「さっき話題に出てた業績の伸びてる店って、昨日話した店のことですよね？」

「そうなの。あいつったらさ、ウチのお客さんに声かけて、ウチよりも少し安く売ってるらしいの。

表向きの値段はウチと同じなんだけどね」

「イヤな奴だとは思ってましたが、そんなことしてるんですか」。憤《いきどお》る幸助。

「ウチは去年亡くなった父の代から買ってくれてるお客さんがほとんどなんだけどね。お客さんも世代が変わると今までの付き合いなんて関係ないし、安い店に流れちゃうんだよ。扱ってるものは同じだしね」

「確かに、扱っている商品はほとんど同じみたいですね」

小麦や豆類、その他の雑穀まで、商品ラインナップはほとんど同じである。この街の「穀物屋」という標準的なスタイルなのであろう。

取り扱い品目が同じで価格も同じとなると、店主と客との付き合いの長さや深さが重要になる。しかし、ルティアは父の急死で店を継いでまだ一年である。客との信頼関係もこれから構築せねばならない。

もちろん先代からお世話になってるからと買ってくれる客も多いが、価格につられて例の店へ流れてしまう客も多い。ルティアからは諦めのような雰囲気が伝わってくるのも無理はない。

「それでね、さっきのサンチョスさんは気を遣ってくれているんだけど、そのアドバイスが古くて」

「訪問販売って言ってましたね」

「そうなの。訪問販売はまだこの商業街に市場ができる前の手法なんだよね。いまどき訪問販売なんかしたら怒鳴り返されるだけだよ。あの人はそれがうまくいった時から商売してる人だから。仕方ないんだけどね」

そういうことかと納得する幸助。

先代がやっていたことが今もうまくいくとは限らない。自分たちが同じことをやっていても周りが変化し続けるからだ。

得てして人は善意のつもりで自分の意見を言いたがる。しかし善意のアドバイスだったとしてもそれが正しいとは限らず、害悪になることもある。

自分が経験した環境と相手が置かれている環境は違うからだ。聞く側は鵜呑《うの》みにせず、そのアドバイスを自分の中で一度咀嚼しなければならない。

「まあ、そういうわけで今度仕入単価が上がったら、もうやっていけないんだよ」

「そうなんですか。それは困ってしまいますね」

「そうなの。何かお客さんが戻ってくれるいいアイディアがあったらいいんだけどねぇ」

ため息をつきながらテーブルへ頬杖をつくルティア。それにより形成された谷間に幸助の視線が吸い込まれる。と同時に、サラの時と同様の正義感が湧き上がってくる幸助。

「ルティアさん」

「うん？　何だい」

幸助とルティアの視線が交錯すると幸助は口を開く。

「あなたのお店、僕が流行らせてみせます！」

そう力強く宣言する幸助。

それを聞いたルティアの顔がほころぶ。しかし、目は笑っていない。

「ふふっ。面白いこと言うのね」

「僕は本気ですよ」

「あら、何で赤の他人のお店を手伝ってくれるのかしら」

自分の仕事のことをどうやって説明しようか思案する幸助。この世界ではコンサルティング業というカテゴリは存在しない。だから一言で説明ができないのだ。

「えっと、ルティアさん。この道を住宅街の方へ行ったところにある『アロルドのパスタ亭』ってご存知ですか？」

まずはアロルドの店でやったことを紹介することに決める。この仕事は実績が大切だ。もちろん、アロルドの許可はもらっている。

「ああ、知ってるよ。最近噂のパスタレストランね。最近行ったことあるよ。ただ、あたしの店がこんなだし、一回しか行けてないけどね」

巷でアロルドの店は噂になっているようだ。幸助は店の認知がどのように変化したか知りたくなり、ルティアへ質問する。

「ちなみにいつ頃そのお店が開店したか知ってますか？」

「うん？　ここ最近のことじゃないの？　それまで全然耳にしたことなかったよ」

「実は、一年以上前なんです」

「へぇ、そうだったのね」

やはり店の存在自体、当初は知られていなかったようだ。

「それでそのパスタレストランがどうかしたのかい？　ご馳走だったら遠慮なく受けてあげるけど」

「あ、ご馳走はまたいずれ」

「なんだぁ。残念ね」

ふふっと笑いながら紫色の髪をかき上げる。チラッと見えるうなじがセクシーである。

「実は『アロルドのパスタ亭』も三ヶ月前まではルティアさんみたいに困っていたんです」

「うそ。あれだけ流行ってるのに？」

「本当です。それまでは閑古鳥が鳴いていたんですよ。たまたま匂いにつられて店に入ったら困っているということでしたので、僕が少しだけ手伝ったんです」

「へぇ。何を手伝ったの？」

少し興味を持ってもらえたようである。

「立て看板を設置したりメニューを変えたり……といったところですね」

「ふぅん、それだけで繁盛店になるなんて、本当かしら」

やはり俄かには信じられないようである。いろいろ試行錯誤したのにも関わらず、言葉にするととても軽く感じる。

しかし幸助は今回も報酬は後払いプランを提案する予定であった。そのあたりの説明をすれば試してもらうことはできるだろうと踏む。そう言おうとすると、それより早くルティアが口を開く。

「じゃぁコースケ。あたしの店ではどんなことできるのかしら」

思いがけず、ルティアの方から願ってもない質問をしてくれた。

「そうですね……」

幸助は悩む。

アロルドの店の場合、要となるパスタの味は一級品であった。そのため「店に来てもらう」というハードルさえクリアーすればよかったのだ。調子に乗ってカルボナーラを開発してもらったりもしたが。

しかしルティアの店の取扱商品は本当にどこにでもある商品ばかりである。ライバル店と同じ卸売商から仕入れているため、品質で勝負することもできない。そもそも小麦の販売は免許制のため仕入先を変えることもできないのだ。しかも、原価は絶賛上昇中。

小麦以外の取扱商品も豆や雑穀ばかりである。これらもどこにでもある商品である。

サラが考えたセットメニューを応用することも適わない。

（これは困ったなぁ）

ルティアの店には「店」としての特徴がない。どこにでもある商品しかなく、他の店でも代替がきくのである。

ルティア自身も若く、店を継いで間もないためノウハウも少ない。

「あなたの店から小麦を買う理由はなに？」という質問に答えることができないのだ。

アロルドの店ならば「ここでしか食べられないトマトバジルパスタが食べられる」と答えることができるのに。

勇み足で店を流行らせるなんて宣言をして少し後悔する幸助。

「ルティアさん、穀物や豆類以外に取り扱ってる商品はないですか？」

「ああ、ないねぇ」

想像通りの答えが返ってきた。

「○○ならルティアの店に」という何かを探したかったのだが、初っ端から頓挫《とんざ》してしまいそうである。

再び考え込む幸助。ふと正面を見ると、ルティアが何か言いたそうにしているのに気づく。

「……」

「どうしました？」

「ああ、あのね」

そう言いながら店の奥から瓶を取り出すルティア。

「ウチは小麦店だからおかしな話なんだけどね。こんなのがあるんだ」

瓶をテーブルの上に置く。

ふたを開けると中には液体が入っていた。

ふわっと香りが幸助へ届く。幸助にとっては懐かしい、日本でよく行っていた店の香りだ。

「これってオリーブオイルですか？」

「ああ、そうだよ」

「味見してみても？」

そういうとルティアは瓶から少量のオリーブオイルをすくい、幸助の手のひらにたらす。

幸助は手を顔に近づけ香りをかぐ。透き通った黄色いオイルから芳醇な香りが溢れている。十分に香りを味わった後、それを舐める。

「おいしいです。こんなにいいオリーブオイル、この街で初めてです」

一般的な小売店にもオリーブオイルは売っている。パスタを扱っているアロルドの店にも当然置いてあった。しかし、味も香りもかなり悪い。だからアロルドにペペロンチーノを作ってもらうことができなかったという経緯もあった。

「でしょ。このオリーブオイルは他とちょっと違うんだ」

「ですね。でも何で目立つところに置いてないんですか？　これは売れそうですよ」

「何でってコースケ。小麦屋がオリーブオイルを売るなんておかしな話じゃない？」

「えっ？　全然おかしくないと思いますが」

「いや、おかしいよ」

どうやらルティアの中では、小麦屋はオリーブオイルを売ってはいけないことになっているらしい。

「小麦が中心ですが豆類は置いてあるじゃないですか」

「それはいいんだよ」

「何でですか？　豆だって小麦じゃありませんよ」

「…………」

「……」

「そう言われるとそうだね。何でだろ？」

思い込みに気づいたようである。

「法律でダメと決まってないならば、何だって品揃えしてもいいんですよ」

一貫性やコンセプトも無くやみくもに増やすのはダメですがね、と幸助は続ける。

「でも何でこんなに質のいいオリーブオイルがあるんですか？」

「ウチのいとこがオリーブ農家でね、一番いいところを卸してもらってるんだ。と言うか、向こうも持て余してるみたいでね。趣味でやっているようなものだからかなり安く買わせてもらってるの。ただ、いくらでも売ってくれって言われてるんだけど、本当に仲のいいお客さんにしか出してないんだ」

その後、幸助はルティアにこの世界のオリーブオイル事情を聞く。

その話によると、国内でオリーブオイルはほとんど生産されていないようである。ほとんどが隣のそのまた隣のローマリアン帝国から輸入しているそうだ。

流通経路が長かったり保管の方法に問題があり、マドリー王国に到着する頃にはかなり劣化している。

それでも上質な原料を使ったものは貴族や富裕層へ流通する。一般市民に流通するものは、もとから品質の低いオリーブの搾りかすなどから無理やり搾り取ったものである。これではオリーブの香りは期待できない。

この話を聞き、そういえば日本でもオリーブオイルの質で名前に違いがあったなと思い出す幸助。スーパーマーケットでは主に「エクストラバージン」と「ピュア」というものが並んでいる。

「エクストラバージン」はルティアが扱っているものと同じである。

「ピュア」は、名前を聞くと何だか良い品質に感じるが、結局は搾りかすから溶剤を使って科学的に抽出（溶出）した精製オリーブオイルに少量のバージンオイルを混ぜたオイルのことである。味も香りもほとんどない。

「最高品質のものが安く入る。これですよ！　ルティアさん。まさにブルーオーシャンです」

「ブルーオーシャン？　なあに、それは」

「ええと、競合相手のいない領域のことです」

幸助の勤めていた会社では、誰も競合相手のいない市場や業種のことを「ブルーオーシャン」と表現していた。その対義語は血みどろの競争が繰り広げられる「レッドオーシャン」である。

ちなみに、ただの小麦屋は競合だらけの「レッドオーシャン」である。

「なるほどね。でも、オリーブオイルだけで店が何とかなるのかしら？」

「それはやってみなきゃ分かりませんよ。でも何もやらなかったら先は見えてるんですよね？」

「まあ、それもそうね」

「当たり前に揃えなければいけない商品はちゃんと揃える。ルティアさんの場合、小麦や豆類のことですね。でも、それだけでは利益が期待できない場合、利益を稼げる商品を探し、それに力を入れて売り込むといいんです」

無ければならない商品をちゃんと揃える。これは普通の店である。

普通の店に「無くてもいいけれど、あると幸せになれる商品」が加わることで特徴のある店になる。しかもそのような商品は競争相手が少ないため安売りしなくても良い。ちゃんと適正利益を稼ぐことができるのである。

「コースケはいろいろ知ってるのね」

「ええ。別の国でもいろんなお店の改善を手伝ってきましたからね」

「そうなんだ」

そう言うとルティアは少し間を置く。その表情からは少しだけ寂しさが漂っている。

「でも、やっぱりお願いはできないかな」

「それはどうしてですか？」

「だって、あたしコースケにお給料支払えないもの」

「それなら心配いりませんよ」

ここに来てようやく幸助の想定していた話題になった。もちろんアロルドの店と同じく報酬は後払いにするつもりである。

基本的に商品やサービスを購入してもらうためには二つの壁がある。

一つ目は商品やサービスが欲しいか欲しくないかという壁である。必要か必要でないかと言い換えることもできる。

もう一つの壁は、一つ目の壁を越えた後に訪れる。それは「買えるか買えないか」ということだ。金額的に。

だから高額な自動車や住宅にはローンというサービスがある。それを知っているから幸助も儲かった後の支払いとしている。幸助の場合、お金に困ってないからというのも大きいのだが。

これが当てはまるのは高額な商品だけではない。オリーブオイルのような食品でも同様である。例えば次のような具合に。

いつもより高品質なオリーブオイルを見つけた。
これを使えばいつもの料理が貴族の食卓のようになる。
欲しい。とても欲しい。
でも買えるかな。
毎月食材の予算は決まってる。
オリーブオイルはいつもの三倍の価格である。
ちょっと厳しいかも。
でも待てよ。
主人のお酒を一本減らせば買えるかも。

それでいいや。

買ってしまおう。


お酒を減らされた旦那様はご愁傷様である。あくまで一例であるが、このような心のやり取りが行われた後、購入に至るのだ。

幸助とルティアの会話へ戻る。

「心配いらないっていうのは？」

「はい。僕の給料はルティアさんが儲かってからでいいですから」

「そんなのダメよ。ずっと払えないかもしれないじゃないの」

「いいんですって。それを払えるようにするのが僕の仕事ですし、別の収入もあるから心配しないでください」

別の収入とはもちろんアロルドの店から入る収入のことである。

「本当に？　甘えちゃっていいのかしら」

「はい。大丈夫です」

「ならお願い……してみようかしら」

「ありがとうございます！」

その後の話し合いの結果、幸助の報酬は、オリーブオイルからもたらされた利益の一割ということになり、契約が成立した。

「では販売するための作戦を練るのは明日ってことでいいですか?」

「いいよ。今日はもう遅くなってきたからね」

まだ暗くはないが、太陽はだいぶ傾いている。

「ではルティアさん明日の朝また来ます。それまでに何でもいいですからオリーブオイルを売るための計画を考えておいてください」

「計画?」

「はい。商品の形態とか価格、販売方法などです」

「分かったわ。分かってないかもしれないけど」

ではまた明日と言い残し、幸助は店を後にする。一人残されたルティアは幸助の背中を目で追う。

「面白い子と出会えたわね。このお店、もう少しだけ頑張ってみようかな」

そうつぶやくとせっせと店じまいの準備を始めるのであった。

その後、閉店後の店舗の二階からは夜遅くまで明りが漏れていた。

◇

翌日の朝。

幸助は宿で朝食を済ますとルティアの店へ向かった。商業街のメインストリートにいつもの喧騒はない。そう、今日は日曜日である。

昨夜は雨が降ったため、石畳の通りは所々水たまりを作っている。朝とはいえ強い日差しが石畳を温め、空気中の水分濃度を上げている。

「今日は蒸し暑いなぁ」

背後から照り付ける太陽の熱を感じながら通りを歩く幸助。この夏切っての蒸し暑さに顔をしかめる。日本の夏では当たり前だった蒸し暑さであるが、やはりこたえるものである。

「ルティアさんの店が近くてよかったよ」

幸助の泊まっている宿とルティアの店はそれほど離れていない。徒歩で五分程度である。約束していた店の裏手に回ると、裏口のドアをノックする。

「おはようございます。幸助です！」

「はいはーい。ちょっと待っててね」

建物の二階から声が聞こえてきた。程なくして足音が近づき、裏口のドアが開く。

「おはよ。コースケ」

「おはようございます。ルティアさん」

今日のルティアは白い薄手のチュニックだ。紫の髪の毛とのコントラストがさわやかである。エプロンをしていないので、その豊かな双丘がよりくっきりと見える。

昨日よりも素早く視線を逸らす幸助。

「さ、中に入って。冷たい飲み物も用意してるからね」

ルティアに促され、裏口から建物の中へ入る。薄暗い室内に充満している小麦の匂いが幸助を迎える。

「在庫がいっぱいありますね」

店舗の裏側は倉庫になっていたようだ。

小麦が入っているのであろう大きな麻袋が、堆《うず》高く積まれていた。女性がこれを出し入れするのは重労働であろう。

「すごいでしょ。在庫」

「ええ、これはどれくらいでさばける在庫量なんですか？」

「そうねぇ。三ヶ月分くらいかしら。仕入単価を維持するためにたくさん買わざるを得なかったの」

なるほどと頷きながら考える幸助。

（在庫の回転日数が三ヶ月か。小麦店でこれはキツイなぁ）

在庫の回転日数とは、今手元にある在庫が空っぽになるまでに何日かかるかという指標の一つである。

適正値は商品により変わってくるが、三ヶ月は長すぎである。

在庫を増やしすぎると、もちろんその分の仕入に対する支払いも増えるので、手持ちの現金が減ってしまう。

何とかしようにもこればかりは頑張って売るしかないので特に何も言わない幸助。そのままルティアの後を追い店舗側へ出る。

窓が開けられている店内は倉庫より明るい。昨日も座っていた小さなテーブルには木のカップが二つ置かれていた。

「どうぞ、座って」

「はい」

「冷たい飲み物どうぞ。といっても冷却庫の魔石がもうすぐ切れそうだからあまり冷えてないけどね」

カップへお茶らしきものを注ぐルティア。

「気を遣っていただいて、ありがとうございます」

「なーに言ってんの。これから二人三脚で商売するっていうのに、そんなに畏まらないでよ」

いつも低姿勢で社会の荒波を乗り越えていたサラリーマン時代の癖がまだ抜けないようである。

「いただきます」

ここまで歩いたのと強い日差しで喉がカラカラの幸助。飲み物はアイスティーだった。キンキンに冷えてはいないが十分に冷たいと感じるアイスティーが喉を潤す。

「ぷはぁ」

一気に飲み干してしまった。

「はは。いい飲みっぷりね。おかわりいる？」

「はい。いただきます」

追加分を注いでもらい一息つくと、本題へ入る。

「それで、オリーブオイルについてですが、今はどんな販売方法をしてるんですか？」

昨日は仲のいいお客さんに売ってるということだけしか聞いてなかったので、とりあえず聞く幸助。

「そうね。欲しいっていうお客さんには容器を持って来てもらってるの。それで、このお玉でその容器に入れてあげるの」

「値段はいくらですか？」

「よくある家庭用のオイル瓶一杯で銀貨二枚をもらってるの。その辺に流通しているオリーブオイルの二倍くらいかな」

「こんな高品質なのに、それで利益出てるんですか？」

「どうだろ。ほとんど利益はないと思うなぁ」

どうやら親戚の不良在庫をさばくという義務だけで販売しており、利益は度外視しているようである。

「ルティアさん、まず大前提の話なんですが」

「なあに？」

「このオリーブオイルは絶対に素晴らしい品質のものです。自信を持って販売しましょう」

「そうね。そうするよ」

「それでですね、何か良い販売計画は思いつきましたか」

幸助は昨日の帰り際にルティアへ課した宿題の提出を求める。アロルドの店で行った時と同様に、幸助がアイディアを出す前にまずはルティアに考えてもらおうとしたのだ。

日々の業務を流れ作業のようにこなしているだけだと、新しいアイディアも湧きにくくなる。まずは考える癖をつけるのも大切である。これに慣れてしまえば、サラのようにワンプレートランチのような新しい発想ができるようになる。

「それがね。一生懸命考えたんだけど……」

「どんな小さなことでも構いませんよ」

ポケットから小さなメモを取り出し目を通すルティア。

「まずは、小麦を買ってくれた人全員にオリーブオイルはどう？　って声をかける」

「うん。それは大切ですね」

「それと、オリーブオイルの瓶を見やすいところに置く」

「うんうん。いいですね」

「店の名前を『ルティアの小麦とオリーブオイル店』に変える」

「あはは。それは斬新ですね」

ルティアの意見を肯定的に聞く幸助。

この会話以外にも、どうにもならないアイディアがいろいろ出たが、今は「考えた」という事実を評価している。最初から考えることが億劫《おっくう》になることを防止するためだ。

「それで、どのくらいの値段で販売しますか？」

「それはオイル瓶一杯銀貨二枚のままでいいんじゃないのかしら？」

「それだと儲けが出ませんよ」

「あ、そうね。そうだったねぇ」

うーん、と腕を組み悩むルティア。双丘が強調される。眼福である。

「今までよりは高くする必要があります」

「そうね。コースケはどのくらいがいいと思う？」

ルティアはこのオリーブオイルをそのまま売るという発想しかない。しかし幸助はもう少し捻ったアイディアを考えていた。

「えっとですね、単純に値段を高くするだけでは、販売が難しくなると思います」

「じゃあ、どうするといいのかしら？」

「はい。ではちょっと視点を変えてみましょう」

そう言うと幸助はカバンからオイル瓶を取り出す。陶器でできたシンプルな瓶で、この辺りの家庭では標準的なものである。

「これは昨日買って来たオリーブオイルです。瓶は銀貨二枚しましたが中身は銀貨一枚でした」

「うん。この辺でよく見かけるものだね」

「まずはこれと同じ値段で少しだけいい品質の商品を用意しませんか？　安価なオイルにこのおいしいオイルをブレンドしたものを」

市場に出回っているオリーブオイルは、もともと品質の悪いオリーブから絞られたオイルが長期間の流通で劣化したものである。安価なオイルに少量の高品質オイルを混ぜるだけで、一般的なものより上質なオイルとなる。

「それはどうして？」

「今までも通常の二倍くらいの価格で販売してたんですよね？　そうすると欲しくても高くて買えないってお客さんもいたんじゃないですか？」

「よく分かったね。確かに買ってくれたのは声かけた人の十人に一人くらいしかいなかったね」

「なら、品揃え商品として置いた方が親切だし売上にも貢献してくれると思います」

「なるほどね。なら、あたしはそれを用意して売ればいいのね？」

その答えに幸助はまだそれだけではありません、と続ける。

「あと二種類の商品を用意します」

「一つはブレンド割合を変えて品質を良くした中級品。もう一つはこの搾りたてそのものの最高級オイルです」

これのことですねと言いながらポンポンと卓上の瓶をたたく幸助。

「仮に高品質のものは通常の倍くらいの価格に設定するとします。これだけ見ると価格が高く感じてしまいます」

「その隣に通常の五倍価格で最高品質のオイルが並ぶとどう感じますか？」

「うん。今でも十人に一人しか買ってくれてないしね」

「ああ、割安に見えるね！」

「そう。それが狙いです」

実際に背伸びしたい人は無理して買ってくれるかもしれませんしね、と続ける。

二種類しかないと高い方はあまり売れない。だが、更に上の価格のものを置くと今まで売れてなかった高い方が売れ出すのだ。

「では、商品に関してはこのような感じでいいでしょうか？」

「ええ」

返事をしながらルティアは大きく伸びをする。伸びながら発する「んんっ」という声が色っぽい。

「何だか普段しないことをするのも疲れるものね」

「確かに疲れましたね。考えることも労働のうちですから」

幸助の会社ではこのようなことを「脳みそに汗をかく」と表現していた。運動すれば体に汗をかくことによる対比表現だ。

窓から外を覗くと太陽はほぼ真上に来ていた。集中して話し合っていたので時間が経つのが早い。

「もうお昼も近いですし食事にしましょうか？」

「ええ、そうしましょう」

「本当はアロルドさんのパスタを食べに行きたいところなんですが、残念ながら今日は定休日なので」

「あたしが作ってあげようか。簡単なものになっちゃうけれどね」

「いいんですか？　ではご馳走になります！」

ちょっと待っててねと言い残し、二階へ行くルティア。

宿屋の一階で営業している食堂にでも誘おうと思っていた幸助。思いがけずルティアがもてなしてくれることになり少しだけ喜ぶ。そしてすることがなくなった幸助は思考の世界に入り込む。

（どんな料理か楽しみだなぁ。プロ以外の手作り料理が食べられるのは何ヶ月ぶりだろうか。こっちに来てからは初めてかもしれないぞ。あ、そうか。東京にいた頃も彼女と別れてからは手料理なんて食べてなかったや。それにしてもオリーブオイル、どうやって販売するかだよなぁ。たぶん売れ

るのは安価なものと中級品がせいぜいだろうな。そもそもオイル自体が小麦とかと比べると高いし）

そんな考え事をすること十五分。階段を降りる足音が聞こえてきた。ルティアである。

両手に盆を持っている。盆の上にある器からは湯気が出ている。

それをそのままテーブルに置く。

「お待たせ。豆とトマトのスープよ。豆はウチで売ってる豆なの」

「おいしそうですね。いただきます」

やはりこの地方はトマト料理が多いようである。

ルティアのトマトスープはシンプルであるがたっぷりと豆が入っており、ボリューム満点だ。添えられた固いパンをちぎりながら食べる幸助。

「うん。おいしい！　ホッとする味ですね」

「ありがと。こんな料理でも喜んでもらえたら嬉しいよ」

「あ、そうだ。この上に少しだけオリーブオイルを垂らしてみません？」

「スープにも使えるの？」

「はい。おいしいと思いますよ」

イタリア料理店のスープのことを思い出し提案する幸助。オリーブオイルならいくらでもある。しかも高品質なものが。

瓶から少量をすくい、器へ回しながらたらす。トマトスープの上にオリーブオイルが浮き、模様を作る。スプーンでスープをすくい、恐るおそる口へ運ぶルティア。

「うん！　これはいけるね」

「でしょ。オリーブオイルは何にでも使えますからね」

「他にはどんな使い方知ってるの？」

「サラダとかパンとか。とりあえず何でもつけてみるといいですよ」

「へぇそうなんだ。コースケって物知りだから、本当話してて飽きないよ」

「ありがとうございます。仕事柄いろんな人と話す機会が多いですから」

こうして楽しい食事の時間は過ぎていった。作戦会議は午後へと続く。


「ごちそうさまでした」

「お粗末様でした」

食事を終えた二人は午後のミーティングに入る。若干の眠気を感じるが、最初が肝心だ。幸助は頬をたたいて気合を入れる。

片づけを終えたルティアが小さな丸椅子に腰かけたタイミングでミーティングは再開された。

「さて。午後からは販売方法についてです」

「うんうん。どうするの？」

幸助の話を聞き漏らすまいとばかり、身を乗り出しそうな勢いで幸助に問うルティア。だいぶ幸助の評価点が上がってきているようである。

「まずは昨日ルティアさんが考えてくれたこと、もう一回聞かせてもらってもいいですか？」

それを聞きポケットからサッとメモを取り出すルティア。しわくちゃの紙切れを引っ張り伸ばし、九十度回転させ上下を合わせると読み上げる。

「ええと、小麦を買ってくれた人全員にオリーブオイルはどう？　って声をかけることね」

「はい、それです。まずはそれをベースにしようと思います」

アロルドの店と同様、ルティアの店が「オリーブオイルを扱っている」と認知してもらわないと始まらない。幸助は立て看板のことも考えたのだが、オリーブのイメージが湧かなかったのでまずは声かけから始めることにした。

「それでですね、さっきスープにオリーブオイルを入れて食べましたよね。その時どう感じました？」

少量垂らしただけでその味が激変したスープの味を思い出すルティア。つい先ほどのことなので、その時の感情はすぐに戻ってきたようだ。

「そうね。おいしいってのと、こんな食べ方あったんだということかしら」

「そう。品質のいいオリーブオイルだからできたことなんですよね」

「ええ。目からうろこだったよ」

「ではここで質問です。まだこのオリーブオイルの味を知らない人に『おいしい』って思ってもらうにはどうしたらいいでしょう」

人差し指をあごに当て、斜め上を見ながら考えるルティア。

答えは先ほどの会話の中に隠されている。幸助がそのように流れを作ったからだ。

十秒ほど考えるとゆっくりと口を開く。

「味見させてあげる……ってことかしら」

「正解」

パチパチと拍手をする幸助。正解したことで笑みをたたえるルティア。

「というわけで、試食販売をしましょう」

そう言うと幸助は店の裏側を指差す。大量の在庫が保管されている倉庫の方だ。

「お店には大量の小麦が余ってますよね」

「ええ。残念なことに」

「パン屋さんに小麦を預けてパンを焼いてもらうことは可能でしょうか？」

「それなら大丈夫だと思うよ。でも、コースケが焼いてくれてもいいんだよ」

食べたことのないおいしいの作ってるんでしょ、と視線を投げかける。昨日は小麦商のサンチョスが来たことで上手くかわせた幸助は焦る。

（まさかここで掘り返されるとは……）

今回は逃げ場がない。絶体絶命である。はぐらかしたところで、この年上のお姉さんには敵いそうにない。腹をくくって正直に言うことにする幸助。

「小麦以外の材料のことが分からなくて、挫折しました……」

「うふふ。そんなことだろうと思ったよ。酵母は門外不出だからね」

「酵母のこと知ってたなら教えてくださいよぉ」

「だって、聞いてこなかったじゃないの」

「うぐぅ……」

幸助がさんざん悩んでいた酵母のことをルティアは知っていた。やはり思い付きで行動はよくないと反省する幸助。

「仕方ないなぁ。じゃあこれで許してね」

なぜか頭をよしよしされる幸助。完全に手玉に取られてしまっている。

「うぅ、僕はもう子供じゃないんですけど」

「うふふ。ちょっとからかってみたかっただけよ。朝からずっとコースケの独壇場だったからね」

確かに、三種類の商品展開をすることやスープにオリーブオイルを使うことなど、常に幸助のペースで流れていた。その流れを少しだが崩せたことに満足するルティア。商売とは全く関係のないところではあるが。

「ええと、それでですね。お昼を食べている時にパンにも合うって話をしましたよね」

気を取り直して説明を再開する幸助。

「そうだったかしら」

「はい。なので、来店してくれたお客さんや店の前を通ったお客さんに声をかけて、オリーブオイルをつけたパンを食べてもらうんです」

「でもタダで食べさせてあげたら儲けが無くなっちゃうんじゃないの？」

もっともな心配である。

「返報性《へんぽうせい》の法則っていうのがあるからそこまで心配しなくてもいいと思いますよ」

「返報性の法則？　それはなぁに？」

ルティアが知らないのも無理はない。現代心理学の分野なのだから。

「何かしてもらった人は、お返しをしなきゃならないという感情を抱くんです」

「うんうん」

「試食販売の場合、パンを食べさせてもらったらお礼に買わなきゃという感情になるんです」

「なるほどねぇ……」

半信半疑のようである。

「まあ、全員がそうなるわけではありませんが」

お金を払えるかという問題もありますしね、と続ける。

「何もしないよりも遥かに購入してもらえる確率は上がります。しかも小麦はどれだけ使っても大丈夫そうですしね」

「それは余分」

さっきの仕返しができたと心の中でガッツポーズする幸助。小さい男である。

その後、備品の手配など細かな方針を練る二人。

最終的に、今週は準備期間とし来週の月曜日に試食販売をすることに決まった。通りを往く人の影がだいぶ長くなった頃、ミーティングはお開きとなった。

◇

そして翌週の月曜日。

今日は試食販売を行う日である。記念すべき日にふさわしい、抜けるような青空が広がっている。

朝早くから幸助とルティアは準備に勤しんでいる。

「ちわー。パン屋です。焼きたてのパン、お届けに上がりました！」

「ありがとー。そこに置いといて！」

「はいさ！」

焼きたてのパンも届き、役者はそろったようである。

夏の暑い日差しで劣化しないようオリーブオイルは店内に静置し、店頭には市民におなじみのオイル瓶だけ並べてある。これだけでも「オイルが置いてある」と気づく人はいるかもしれない。ちなみにオイル瓶は幸助が陶器商から買い付けた。

「いよいよね」

「うん。頑張りましょう」

店頭の一番目立つところに空き箱を置き、その上に盆を載せる。試食用に即席で誂《あつら》えた試食台だ。盆の上には小さくカットされた山積みのパンとオリーブオイルの瓶、そして小皿を置いた。準備は完了だ。

時刻は午前八時。日本ではまだまだ買い物には早い時刻だが商業街の朝は早い。人の往来が徐々に増えてくる。

幸助は店内から店頭の様子を観察する。基本的に営業そのものには手を出さない方針だからだ。

「さて、頑張らなきゃね」

もう開店の時間は過ぎているが、いつも通りルティアの店にはなかなか客が来ない。しかし、これに関してはまだ問題ではない。早朝に賑わうのは生鮮食品を販売する店なので、穀類を求める客が来るのはもう少し後になる。そんな矢先、店頭に人影が現れた。

「あ、ミリアさん。いらっしゃいませ」

本日初めての来店だ。

「ルティアちゃん、いつもの小麦五キロよろしく」

「はい。すぐ用意しますね」

いそいそと小麦袋へ向かうルティア。話しぶりからすると常連のようである。秤で五キロを計量すると来店客の持って来た袋に詰める。

「はい。銀貨一枚ね」

「ありがとうございます！」

商品を渡し代金を受け取ると、そのまま客は帰ってしまった。

「あ、試食してもらうの忘れちゃった」

その後もちらほらと来店はあるものの、ルティアは試食の声がけをするタイミングをうまく掴むことはできなかった。

店頭の試食台に気づき、客から声をかけてくることもなかった。試食という行為自体に慣れがないためであろう。


「コースケぇ。誰も食べてくれないよぉ」

店の奥に戻って来ると幸助に弱音を吐く。

開店してから三時間くらいたった。時刻は午前十一時前である。

まだ一人も試食をしてもらうことができないでいる。

「うーん、困りましたね……」

「何だか図々しく感じて声がかけにくいの」

「ま、慣れてないことをやろうとすると最初はそんなもんですよ」

最初から何でもできる人などいない。練習して場数を踏んで、ようやくコツを掴んでいくものだ。

「なら、これから僕がサクラをやりますよ」

「サクラ？　なにそれ」

「店頭でオリーブオイルを試食して、おいしいって演技をする人のこと」

「あはっ、面白いこと思いつくのね」

日本では当たり前であるが、この世界ではそのような概念はないらしい。

「僕がおいしそうに食べている姿を見れば、ほかの人も気になって食べてくれますよ。それにお腹が空いてくる時間ですしね」

「なら、早速やってみよ」

「じゃぁ、僕は裏口から表に回りますね」

程なくして店頭へやって来た幸助。早速試食コーナーへ向かう。

「いらっしゃい！」

「あれ？　試食販売してるんだ。食べていい？」

「どーぞ、どーぞ」

「これは何ですか？」

「オリーブオイルなの。パンにつけて食べてね」

「はーい。いただきます」

違和感ありまくりである。

だが、幸助やルティアに演技力を期待してはいけない。二人とも商売人なのだから。

幸助は道往く人に見えやすい体勢でパンを手に取る。小皿のオリーブオイルにパンをつけ、染み込ませる。そして口へ放り込む。

「……」

「お、おいしいぞ!!」

幸助渾身のおいしいコールが通りに行きわたる。幾人かがそれを聞きつけ、試食コーナーへやって来た。

「何だなんだ？」

「それ、食べていいのかしら？」

「オリーブオイルの味見ができるみたいですよ。パンをこうしてオイルにつけてパクッと」

幸助が実演して見せる。周りの人がそれに続く。

「おいしい！」

「感じたことのない風味ですこと」

「本当にオリーブオイルか？　これ」

「うん！　お母さんおいしいね！」

「ええ。おいしいわね」

人が人を呼び、一気に大盛況となるルティアの店。頑張ってねという意味を込め、幸助はルティアの背中を押し接客を促す。

「いらっしゃいませ。あたしの店にしか置いてない新鮮で高品質なオリーブオイルいかがですか？」

「本当においしいわね。お幾らなのかしら？」

「容器代は別で、銀貨五枚です」

「うーん、おいしいけどそれは高すぎて買えないわねぇ」

市場に出回っている一般的なオリーブオイルの五倍の価格である。無理もない。しかし、この展開に対応するための筋書きは用意してある。

「奥さん、こちらのオリーブオイルでしたら銀貨二枚ですよ」

一般的なオリーブオイルの二倍の価格である中級品を勧めるルティア。

「あら、それなら買えそうね。さっきのとはどう違うの？」

「通常のオリーブオイルとこの特別なオリーブオイルを混ぜてます。香りも味も普通のオイルより格段にいいですよ」

「そう。ならそれをいただこうかしら。容器もつけて頂戴ね」

「ありがとうございます！」

こうして、用意したパンが無くなるまで人だかりが途絶えることはなかった。

この日の販売本数は、一般・中級品・最上級品それぞれ十本・二十一本・三本である。これは試食代の経費を差し引いても、いつもの小麦の利益を軽く超えている。試食販売は、大成功で幕を閉じた。


「コースケ、すごいじゃない！　こんなに売れたよ」

太陽もだいぶ傾いた頃。店じまいの準備を手伝おうと幸助が店頭へ出ると、ルティアは興奮したように幸助へ話しかける。

「ルティアさんの頑張りが実を結びましたね」

「コースケのおかげだよ。誰も穀物屋がオリーブオイルを扱ってることに疑問を持ってなかったみたいだし」

「でしょ。そんなものですよ」

「いとこにもっとオリーブオイル送ってってって手紙書かなきゃ」

二人が今日の成果について話しつつ片づけをしていると、見かけたことのある細身の男がやって来た。例の競合店の店主だ。ルティアに近づくと、イヤミったらしく話しかける。

「おやおや、何か変わったことを始めたと聞いて見に来れば、オリーブオイルですか。もう小麦店はやめてしまわれたのですか？」

どうやらこの店主も穀物屋の凝り固まった考え方があるようだ。ルティアは強気で返す。

「あら。敵情視察ですか？　おかげさまで大繁盛でしたよ。いつまでも穀物屋にとらわれても仕方ないですからね」

男の顔が急に険しくなる。

「へっ。常識外れのことしやがって。せいぜい頑張るがいいさ。小麦が売れない小麦店に価値なんてねぇよ」

「でも、お客さんは喜んでくれましたのよ。常識って何のことなのかしら」

「……せいぜい足掻《あが》いてろ！」

ルティアの返答にカチンと来たのか、捨て台詞を残しその男は去って行った。

「ルティアさん、あの人何したかったんですかね？」

「さあ、散々つぶしにかかった店が儲かってそうだから悔しかったんじゃない？」

「可哀そうなヤツですね。そういうヤツに限ってすぐに真似を始めたりするんですけどね」

「これは真似できないけどね」

「ですね。ルティアさんの一番の強みですよ」

こうしてオリーブオイルの販売は順調な滑り出しを見せることとなった。

◇

「アロルドさん。はい、コレ」

「何だ？　オリーブオイルか。在庫なら間に合ってるぞ」

「これは普通のオリーブオイルとはちょっと違うんですよ」

「何だ。怪しい言い方だな」

「まあ、騙されたと思って味見してみてくださいよ」

ルティアの店で試食販売を行った翌日、幸助は開店前の『アロルドのパスタ亭』に来ていた。

アロルドの顔を見るや否や、ルティアの店から持って来たオリーブオイルを渡す。目的は一つ。

アロルドにペペロンチーノを開発してもらうためである。「この辺のオリーブオイルはどれも一緒だぞ」

オイル瓶を受け取ったアロルドは中身を手にたらし、味見する。芳醇《ほうじゅん》な香りが、そして懐かしい味が口に広がる。

「な、何だこれ！　帝国産並み、いやそれ以上かもしれないぞ！」

アロルドはオリーブオイルの名産地であるローマリアン帝国で料理の修業をしていた。だからこそ幸助の持って来たオイルの味に驚愕する。

「コースケ。お前どこでこんなの手に入れたんだ」

「それは企業秘密です」

「あ？」

「……というのは冗談で、商業街の穀物屋に売ってるんです」

「商業街にあったのか。今まで全然聞いたことなかったぞ」

「『アロルドのパスタ亭』と一緒で認知されてなかったんですよ」

「そうか。なら仕方ないな」

その後幸助はアロルドヘルティアのことやその取組みについて話した。

親戚にオリーブ農家がいること、今までこっそりと売っていたこと、幸助が販売を手伝っていることなどである。

とそこへ、ちょうど二階から降りて来たサラが幸助の姿に気づきパタパタと駆け寄る。トレードマークの真っ赤なポニーテールは幸助と出会った頃よりもだいぶ伸びている。

「あ、コースケさん！　おはよ！」

「おはよう、サラ」

「今日はどうしたの？」

「アロルドさんに新しいパスタを作ってもらおうと思ってね」

ニヤリとしながらアロルドへ視線を送る幸助。

「ちょ、その話は全然聞いてないぞ」

「今から言いますね、ペペロンチーノの材料」

「ペペロンチーノ?」

また聞いたことがない料理名が出てきたと頭を抱えそうになるアロルド。

「たっぷりのオリーブオイルにニンニクと唐辛子、ベーコン、塩です」

「……」

「それをパスタに絡めて完成！　簡単ですよ」

「また丸投げか！　って、今回は簡単にできそうだな。今までオイルの質が良くなかったからできなかっただけで」

アロルドがローマリアン帝国で修行していた頃は、素材をオリーブオイルで煮る料理もよく作っていた。現代のメニューで言えばアヒージョのことである。そのレシピに似ているので、カルボナーラほど苦労はしなさそうと踏んだのである。

「へー、いいオリーブオイルが手に入ったんだ」

「そうなんだ、サラ。また新しいメニューが増えてよかったね」

「うん！」

「まだ試作も作ってねえよ！」

来週完成品を食べに来ますねと言い残し、幸助はアロルドの店を後にする。

◇

翌週のとある日。

太陽が傾き、商業街の人通りも少なくなった頃。

似たような店舗が並ぶメインストリート沿いの店舗には、鼻唄交じりで少しだけ早めの店じまいをしているルティアの姿があった。

「今日はコースケと一緒にデート。楽しみだなぁ」

ルティアの店で試食販売をしてから一週間が経過した。

試食販売は初日のみで、それ以降はしていない。食べることだけが目当ての人が湧いてくるのを防止するためだ。

そのため爆発的な成果は出ていないが、それでも中級品が毎日数本売れている。仕入に強みがあるため、適正価格で販売してもしっかりと利益は稼ぎ出せている。

そんな折、幸助から自分が販売するオリーブオイルを使ったパスタの試食に誘われたのだ。

業績が上向きで、久々の外食ができる。機嫌が良いのも無理はない。

いつもより手早く片づけを済ませると精一杯のお洒落をし、約束の場所である幸助の宿へ向かう。

今日の服装は以前と同じ白い薄手のチュニックだ。数少ない余所行きの服の一つである。

少しだけ早足で歩く。

夕方ではあるがまだまだ暑い。じわりと額に浮かぶ汗をハンカチでぬぐう。

宿屋までは歩いて五分。すぐに到着だ。幸助は宿の前で待っていた。

「コースケー！　おまたせー！」

手を振りながら幸助に駆け寄る。たゆんたゆんと大きな何かが上下に揺れる。

「こんにちは、ルティアさん。思ったより早かったですね」

「うん。何かワクワクしてきちゃってね」

二人は合流すると肩を並べてアロルドの店へ向かう。

店まではおよそ十分くらいだ。南北に走るメインストリートとの交差点であるロータリーを越えると黒い外壁の店舗が見えてきた。

店頭には立て看板が変わらず立っている。サラの力作だ。

「コースケの言ってた立て看板はこれのことね。確かに分かりやすいかも」

「でしょ。これだけでだいぶ流れが変わったんですよ」

以前言葉で伝えようとしてうまく伝わらなかった立て看板のことが、パッと見ただけで伝わった。

まさに百聞は一見に如かず、である。

重厚なドアに手をかけ開く。

ギィ。

薄暗い店内には既にランプの明かりが灯っている。それに気づいたサラがパタパタと駆け寄る。

「あ、コースケさん！　いらっしゃい！」

「こんばんは、サラ。ペペロンチーノ食べに来たよ」

そう言いながら店内に入る幸助。その後ろからルティアが続く。

（えっ、コースケさん、女の人と一緒？　しかも美人。誰なの？）

想定外の出来事に戸惑うサラ。恐るおそる幸助に尋ねる。

「えっと、そちらの方は……？」

「ルティアさんっていって、例のオリーブオイルを売ってる方だよ」

そして幸助は振り返りルティアを前へ通す。

「ルティアさん、この娘が表の看板を描いたサラです」

「サラちゃん、ルティアよ。よろしくね」

「は、はい。よろしくお願いします」

二人がテーブルに腰かけると、厨房からアロルドがやって来た。そして幸助の隣にどかっと腰を下ろす。サラは遠巻きにその様子を見ている。

「おう、コースケ。珍しいな。今日は二人か」

「はい。例のオリーブオイルを販売してる方を紹介しようと思いまして」

「初めまして。ルティアです」

「俺はアロルドだ。お宅のオリーブオイル、試させてもらったよ。すげぇ高品質だな」

「ありがとうございます」

「で、一つ聞きたいんだが。まとまった量を定期的に買わせてもらうことは可能か？」

「それはもちろん！」

思いがけぬ展開に喜びを隠せないルティア。

飲食店であれば使用量は桁違いだ。しかも継続購入が期待できる。

「よし、商談成立だ。なら今度とりあえず十本分持って来てくれ」

「アロルドさん、金額の話してないですよ」

「そ、そうだったな」

相変わらずのアロルドである。その後口頭ではあるが条件などを三人で詰め、話はまとまった。

アロルドはペペロンチーノを作ってやるから待ってろよと言い残し、厨房へ帰って行った。

サラは変わらず遠巻きから二人の様子を窺っている。その表情は少し不安げである。その視線に気づくルティア。


「あら、サラちゃん。どうしたの？」

「い、いえ！　何でもありません」

「うふふ。コースケを取って食べたりしないから安心して」

「そそそ、そんなんじゃありませんから！」

顔を真っ赤にして厨房へ駆け込むサラ。

「サラちゃん。可愛いわね」

「はい。小動物みたいで可愛いですよね」

「コースケのこと、かなり慕ってるみたいだけど？」

「何だか妹みたいなんですよね」

「妹？……そっか。そうなんだ」

（あれ？　何か変なこと言っちゃったかな）

微妙な空気になってきたので幸助は話題を変える。

「それよりも、ルティアさん。アロルドさんとの取引、決まってよかったですね」

「うん。本当によかったよ。紹介してくれてありがとう」

「いえいえ。これも僕の役割ですからね」

今回は幸助の関わった二つの店舗での相乗効果が期待できる。幸助の人脈が広がれば、こういったことも増えるのであろう。

その後、次回の試食販売の予定などを立てていると、パスタが出来上がったようである。サラではなくアロルドが皿を二枚手にし、やって来た。

「これが俺の作ったペペロンチーノってやつだ」

二人分の皿をそれぞれの前へ置くアロルド。

ふわりとオリーブオイルとニンニクの香りが漂う。ニンニクはみじん切りだ。ところどころ輪切りになった真っ赤な唐辛子が色彩のアクセントにもなっている。

「オリーブオイルがいいからな、美味いぞ」

「うん。おいしそうですね。早速いただきます」

二人とも同時にフォークを手に取り、パスタを食べる。

「……」

「ん～、最高！」

先に口を開いたのはルティアだ。

「シンプルに見えるのにこんなにおいしいなんて」

「お前のオリーブオイルがなかったら出せなかった味だぞ」

今までもアロルドはこの辺りに流通しているオリーブオイルの質の悪さに嘆いていた。作りたくても作れない料理が多かったからだ。

これからはオイルソースパスタだけでなく他のレシピの幅も広がる。従ってアロルドは上機嫌だ。

「あたしのお店でも宣伝しなきゃね。このオリーブオイル使ってる店があるってね」

「おう、是非たのむぞ」

試食ということで無料サービスしてもらったが、金額はトマトバジルパスタと同じ大銅貨八枚にするようである。食べ終えた二人は店を後にする。

「コースケさん、またね！　あと、えっと、ルティアさん。ありがとう！　オリーブオイル」

先ほどの赤面は治まったのであろう。帰り際にサラが見送りに来てくれた。

「またね、サラ」

「サラちゃん、ばいばい。またオリーブオイル持ってくるね」

◇

その後、約一ヶ月が経過した。

ルティアの店ではオリーブオイル目当ての客が、ついでに小麦も買ってくれるようになった。

そのため一定量の販売見込みが立ち、小麦の仕入値上昇を防止することができた。

「あーあ、また暇になっちゃったな」

幸助はまた暇を持て余していた。

ルティアの店も軌道に乗ってさえしまえば、幸助が特に手出しをすることはない。報酬の入金を待つだけである。

しかも今回の契約では、オリーブオイル販売利益の一割が永遠に幸助に支払われる契約だ。印税のような権利収入である。今後の幸助の支えとなることであろう。

今日、幸助は次の働き口を探すため商業街を歩いている。

しかし季節は夏、暑さのピークのため、なかなか捗らない。日本のかき氷を懐かしく想う日々である。

「あれ？　何だか賑やかだな」

宛もなくブラブラ歩いていると、知った店の前が賑やかなことに気づく。

人だかりの先はルティアの競合店である。十数名の野次馬と、この街の警察役を司っている騎士が数名店頭にいる。

「俺は悪くねぇ！　仕組まれたんだよ！」

店主らしき人の叫び声が聞こえる。ちょうど騎士に両脇を抱えられ連れ出されるところのようだ。

「何やってるんだろ。ま、僕には関係ないか」

せっかくだから騒ぎを報告がてらルティアの店に行くことにする幸助。

数分で到着すると、今日もルティアは頑張って店を切り盛りしていた。

ルティアは近づいて来た幸助の顔を見るや否や、興奮気味に話し出す。

「ねえねえコースケ、大ニュースよ！　聞いた？　アイツの店、摘発されたんだって」

「そうなんですか。そういえば店の前が賑やかなことになってましたけど、何かあったんですか？」

「どうもね、今年の小麦に五年も前の古いのを混ぜて売ってたんだって」

この街のルールでは、小麦は生産年度を明示して販売しなければならないことになっている。そして混ぜることは違法である。

ルティアの客を引っ張り店頭価格より安くして売っていたその裏側は、ゴミを混ぜて人を欺いていたということだ。似たような事件が日本でもあったなと思い出す幸助。

「でね。ただ混ぜるだけなら見つからなかったかもしれないんだけど、その小麦を食べて病気になった人が何人も出たんだって」

「へぇ、それはひどい話ですねぇ」

「でしょー」

アレルギー反応が出てしまったのかなと幸助は推測する。

「病気が出たとなるとアイツの店、無くなるかもね」

「因果応報ですよ」

「因果応報？」

「良い行いをすれば良い結果が返ってくる。悪い行いをすればその逆ってことです」

「そうね。私も気をつけなきゃ」

その後、例の店主は収監されることになり、店は予想通り廃業となった。その影響でルティアの店へ客が戻って来たことは言うまでもない。

こうして幸助は、ルティアの店の改善を成功裏に終えることとなったのだ。

◇

「まあ、なんと香り豊かなドレッシングですこと！」

ここはマドリー王国アヴィーラ伯爵領にある領主の館。分厚い絨毯が敷かれた部屋は三十畳ほどの広さがある。中央には二十人は座れるであろう長いダイニングテーブルが置かれ、卓上には豪華なキャンドルが灯る。壁際には侍女が一人と執事が一人立っており、主の指示を待っている。

椅子に腰かけているのは少女一人だけだ。伯爵令嬢であるアンナ・アヴィーラである。訪問者との会談が長引いたため、一人で遅めの夕食をとっているところである。

卓上にはサラダとスープが置かれている。上品な手つきでサラダを食べると目を閉じその味を噛みしめる。名残惜しそうにそれらを飲み込むと、侍女を呼び指示を出す。

「この味の決め手が気になりますね。コックを呼んでくださいませんか？」

「少々お待ちくださいませ」

そばで控えていた侍女はその言葉を聞き、静かに部屋を後にする。

「見たところオリーブオイルと果実酢のようですが、それだといつもと変わりませんね。不思議ですわ」

どう見てもいつも屋敷で食べている定番のサラダである。しげしげと器を見まわしフォークでサラダを刺し口へ運ぶ。

半分ほど食べた頃、静かにドアが開きコックを連れた侍女が戻ってきた。

「お嬢様、いかがなされましたか？」

「このサラダに添えられたドレッシング。今まで食べたことのないほど香り豊かなのですが、どのような工夫をされたのですか？」

探究心豊かなアンナはどのような工夫がされているのか、気になって仕方ない。アロルドの店で提供されているカルボナーラもレシピが気になって仕方ないくらいである。

ちなみにコックに再現することを命じているのだが、今のところ満足のいくカルボナーラはできていない。

「いいえ、お嬢様。いつもと同じレシピで作っております」

コックの答えは、アンナの予想と百八十度反対のものであった。そんなはずはないとアンナはコックに食らいつく。

「では、なぜこのような芳醇な香りがするのでしょうか？　今までと比べ物にならないくらいおいしいですよ」

「実はですね、とても品質の良いオリーブオイルが入ったのです。いつものオリーブオイルと変えただけでこの味が出せました」

「お、オリーブオイルを変えただけ……？」

「続きは私めが代わりにさせていただきます」

コックが説明を始めたところ、別の男性の声が割り込む。

声の主は執事のセバスチャンだ。

今日も変わらずピシッとした黒服を着込んでいる。

「実はですね、お嬢様。市井でこのようなものを見つけまして」

セバスチャンの手にはオイル瓶が握られている。アンナの様子からオリーブオイルの実物を見せる必要があると読んで、事前に用意していたものだ。さすがは熟練の執事。段取りの良いことである。

「見たところ、どこにでもあるオイル瓶のようですが？」

セバスチャンの手にあるオイル瓶をしげしげと眺めるアンナ。これはどこにでもある一般的なオイル瓶なので、判断はつかない。

「はい。ですが、中身が別物なのです」

そう言って小皿にオイルを垂らすと一口大のパンを添える。それを音を立てることなくアンナの前に置く。

「どうぞ、お試しくださいませ」

アンナは出されたオリーブオイルをまずは目で評価する。透き通った黄色のオイルが皿に丸く広がっている。

「美しい色ですこと。それに粘り気も強いように思われます」

そして真っ白なパンを手に取りオリーブオイルをしみ込ませる。十分なオイルを吸ったパンには黄色のグラデーションがかかり、しっとり重みを増す。

香りを楽しんだのち、それを口へ誘う。じっくりと味わうアンナ。

「臭みやイヤなべとつきが全くありませんね。味も香りも素晴らしいです」

「我が領地のオリーブオイルは全てが帝国からの輸入でございます。従って輸送途中に劣化してしまうのです。しかし、このオリーブオイルはとても新鮮です。近くで栽培されていると推察致します」

「そうなのですね。それで、どこでこのオリーブオイルを入手されたのでしょう？」

つい先ほどまで眠くなるような会談をしていたアンナ。突然降って湧いた興味深い情報に目を輝かす。

「それがですね……」

「どうかされましたか？」

セバスチャンの声に首をかしげるアンナ。

「コースケという名の男が関わっておりました」

「あら、またコースケさんの名前を聞きましたわね。今回はどのように関わってらっしゃったのですか？」

『アロルドのパスタ亭』でカルボナーラを食べた時にも聞いた名前である。ますます興味深そうな表情をするアンナ。

「オリーブオイル自体は商業街の『ルティアの小麦店』という店で販売されておりました」

「聞いたことのないお店ですね」

「はい。どこにでもある穀物屋でございます」

領内には穀物屋は何軒もある。そして特に目立つ店舗がないのも事実である。

「以前よりオリーブオイルの取り扱いはあったのですが、ほとんど売れていなかったそうです」

「これほどの品質ですから、市民の方々に手の届く値段で販売することは難しそうですわね」

「はい、その通りでございます」

実際には一般的なオリーブオイルの二倍の価格設定だったが、ルティアが販売そのものに消極的だったため、市民に届くことはほとんどなかった。

「しかしその価値を見出し、市場に知らしめたのがコースケということでした」

「それはどのようにして？」

ここから先は一部私の推察も混ざりますが、と前置きしながらセバスチャンは続ける。

「普及品、中級品、そしてこの最高級品の三段階の品質を用意することで、買いやすさが演出されておりました」

「あら、何でわざわざ同じものを三段階に分けたのでしょう？」

アンナが疑問に思うのももっともである。今までの感覚からすると、オリーブオイルはオリーブオイルでしかないのだから。

「品質により価格を変えることで最高級品は買えなくても、中級品には手が届くよう絶妙な価格設定がされておりました」

「最高級品が買えなくても中級品なら買えるというからくりですか。素晴らしい工夫ですわ」

「はい。それとですね」

「それと？」

「試食販売を指導したそうです」

「試食販売、ですか？」

「ええ、今お嬢様に試していただいたことと同様にです」

言われて先ほどの味見のことを思い出すアンナ。確かに自分であったら味見をした後は買わずにはいられないだろうと感じる。

「素晴らしいです。その手腕、ますます興味が湧きますわ」

可能なことならば領地が抱えている問題を相談してみたいとも思うアンナ。しかしまだ決定的な要素がないため、もう少し様子を見ることに決める。

「それはそうと、セバスチャン。そのオリーブオイル、我が屋敷でも一定量が確保できるように手配をお願いします」

「畏まりました、アンナお嬢様」

アヴィーラ伯爵領の夜はゆっくりと更けていく。

かいぜん!
用語集 第2章

松竹梅の品ぞろえ【しょうちくばい・の・しなぞろえ】

同系列の商品を品質や価格に応じて三段階用意すること。作中ではオリーブオイルのブレンド割合で、最高級品、中級品、普及品の三つを用意した。

スーパーマーケットに目を向けると、結構活用されているのが分かる。たとえばバナナ。
・松：甘熟王　２５８円
・竹：スウィーティオ　１９８円
・梅：フィリピン産の一般的なもの　１２８円
などなど。

ここでのコツは一番売りたいものを「竹」に据えること。「松」のおかげで割安感が演出される。そして最も利益の稼げる「松」を買う人もいる。「梅」だけを売っていた時と比べ、粗利額の向上を期待できる。ただし「松」や「竹」がどれだけおいしいのか、試食販売やＰＯＰの工夫などによる動機づけは必要。

ブルーオーシャン、レッドオーシャン【ぶるーおーしゃん・れっどおーしゃん】

商売において、競合のいない領域をブルーオーシャン。競合が多く、血みどろの戦いが繰り広げられている領域をレッドオーシャンという。

小麦や穀物など、どこでも売っている商品を扱う『ルティアの小麦店』はレッドオーシャンで商売をしていたといえる。それが幸助の協力により、他にはないオリーブオイルを売っている店、即ちブルーオーシャンへと移行できた。普通の店に「無くてもいいけれど、あると幸せになれる商品」が加わることで、特徴のある店になることができる。

今回は商品にスポットを当てたが、他にも次のような差別化がある。
・店主の性格（なぜか話をすると悩みが解決する）
・イベントが多い（エンターテイメント性）
・共感（環境に配慮した姿勢など）
特に大手が競合の場合、価格競争では敵わない。価格以外の特徴が出せると良い。

善意の害悪【ぜんい・の・がいあく】

困ったときは人に相談するに限る。ただし回答をそのまま鵜呑みにしないように、という話。人それぞれ生まれ育った環境、年代、そして性格はバラバラである。そのため「常識」も人それぞれ。

成功した経営者だって、夢をかなえるには「明確な目標と期日を設定せよ」という人がいる反面「特に期日は設けてない。気づいたらそうなってた」という人もいる。自分に合う、合わないがあるのだ。

だからアドバイスをもらったら、一度自分の中で咀嚼し、その情報を吟味する必要がある。

その他【その・た】

・ｇｇｒｋｓ：ググレカスと読む。ネットで検索して調べましょうという意味。人に対してカスなどと言わないように。
・在庫回転日数：在庫量を一日当たりの販売量で割った指標。商材や会社方針により基準は異なる。
・脳みそに汗をかく：頭脳労働をする。
・返報性の法則：〇〇してくれたからお返ししなきゃ、という心理。試食販売もこれを活用。

第三章 武器屋編

KAIZEN!

consultant's
log of struggles
in
another world

時は幸助がこの世界へ召喚される半年ほど前。場所は工業街の一角にある鍛冶工房。

キン、キン、カン！

キン、キン、キン、カン！

鍛冶工房からは今日もリズミカルに鉄を打つ音が外まで漏れ聞こえる。この界隈ならではの音だ。中を覗くと一人の男が一心不乱に槌を振るっている。窯《かま》にはメラメラと火が燃えたぎっている。相当暑いのであろう。額に浮かぶ汗が幾筋もの線となり床へ滴り落ち、土を固めただけの床に丸い染みを作る。

キン、キン、キン

打ったものを今度は持ち上げ角度を変えながらしっかりと見る。形状からすると両刃の剣のようである。まだ熱が落ちておらず薄《うっす》らと赤みを帯びている。

納得がいったのか一度頷くとそれを置き、隣の台に置いてある水を一気に呷《あお》る。

「ふぅ」

タオルで汗をぬぐうとそれを団扇のようにあおぎ、火照った体を冷ます。

鍛冶師の名はホルガーという。身長は低いが体格は良く、立派な髭をたくわえている。寡黙な男であるが、仕事は丁寧だ。この腕一本でやって来たという自負もある。

もともとホルガーは故郷のエッシェンバッハ王国に店を構えていた。この街に鍛冶師がいなくなってしまったからと知人に頼まれ、引っ越してきたのが十年前。

今では伯爵領の騎士団にも剣と槍を卸《おろ》しており、商売は順調そのものである。ユーザーである騎士からの信頼も厚い。

最愛の妻には三年前に先立たれた。子宝には恵まれなかったが、五年前に保護した子を娘として大切に育てている。海辺の街に武器の納品へ行った際、海岸に漂着していたのを見つけたのだ。海の向こうには誰も行ったことのない国があるようで、嵐の後など稀に異国人が漂着する。いや異国人というよりは……。

「パパ、お客さんなの！」

十歳くらいであろう小さな少女が育ての親であるホルガーを呼びに来た。血がつながってないとはいえ、実の子のように育てている娘だ。目に入れても痛くない。

妻に先立たれてからは、まだ幼いながらも、併設された武器屋の店番を手伝ってくれている。普段ホルガーは鍛冶工房にいることが多いので、重要な戦力である。といっても計算などはできないので来客があった場合に告げに来てもらうだけだが。

「ありがとう、パロ。すぐ行く」

返事を聞くとパロと呼ばれた子はホルガーがやって来るのを待つ。サラサラで茶色い髪の上に乗っている猫の耳のようなものが時おりピコピコと動く。

パロは猫獣人と呼ばれる種族である。

ここマドリー王国や周辺国には彼らの国や集落はないが、どこの街にも大抵一人くらいは獣人がいる。西の海が近いこの界隈に住んでいる獣人は、パロのように流れ着いた者がほとんどだ。

ホルガーはタオルを首にかけなおし、表の武器屋へつながる通路へ歩く。パロはその後ろをトテトテと続く。

「おう、お前か」

店頭で待っていたのは伯爵領騎士団の購買担当者であった。注文やメンテナンスがある場合、彼が連絡の窓口となっている。隣には見たことのない顔の男がもう一人いる。

「こんにちは、ホルガーさん」

「どうした？　今日は」

「実は私、王宮の官吏試験に合格しまして、王都へ引っ越すことになったんです。それで後任の者を連れて来ました」

「そうか」

その後三人は引き継ぎ事項など簡単な打ち合わせを行った。だが打ち合わせといってもほとんど顔合わせのみが目的だ。すぐに終了する。

しかし、その後一ヶ月経っても二ヶ月経っても新任者からの連絡はなかった。騎士団も魔物の討伐を行っていることもあり、最低でも月に一度はメンテナンス依頼が来るはずである。

火をくべられることが無くなった窯や工具をメンテナンスするだけの日々が続く。時おり冒険者が来店するが、大抵大した金を持ってない者ばかりなのでなかなか購入へはつながらなかった。

半年が経ったある日のこと。

とうとうホルガーはしびれを切らし、購買担当者の勤め先である領主の館を訪れ新任者を呼び出した。

幸い新任者はここにいたようだ。薄笑いを浮かべながらホルガーへ近づき対峙する。晩秋の乾いた風が二人の間を駆け抜けると、落ち葉を巻き込みカサカサと音を立てる。

「ああ、ホルガーさんですか。ご無沙汰しています」

「あれから連絡がないが。メンテナンスをしないと剣がダメになる。どうしているんだ、騎士団は？」

「メンテナンス？　しっかりとしてますよ」

いや、そんなはずはない。半年間、剣一本のメンテナンスすらしていないのだからとホルガーは憤る。

「どういうことだ！」

「メンテナンスや調達は、別の武器屋に任せることにしました。お宅の半額で済みましたので」

冒険者の方々からも安いと人気のようですよ、と新任者は続ける。それを聞き、怒りで手を強く握りしめるホルガー。

確かに他の鍛冶師がこの街に武器屋を開いたことは知っていた。だが、何の断りもなく切り替えるのは許せなかった。

しかも自分が打った「我が子」とも言える武器を他人がメンテナンスしていることも耐えられない。

第一、自分たちの生活もある。呼吸は荒くなり、胸が大きく上下する。ホルガーはプルプルと震えるその腕を上げようとしたが、理性がそれを抑える。

「勝手にしろ！」

そう言い残すと領主の館に背を向け、来た道を帰る。請《こ》われてこの街に来たのに裏切られたという想いがホルガーの胸を満たしていた。

◇

時は現在に戻る。

日差しは柔らかくなり、朝晩は涼しさを感じるようになってきた。

ここはアヴィーラ伯爵領の商業街にある宿屋。幸助はいつもの部屋で着替えをしていた。

「うーん、最近太って来たか？　ズボンがキツイぞ。これは間違いなくアロルドさんのせいだな」

自分の食欲を棚に上げアロルドのせいにする幸助。無理やり前ボタンを閉めると腹をポンとたたく。

「せっかくだし、カルボナーラでも食べに行くか」

寝坊して宿の朝食を食べそびれた幸助。時刻はもうすぐ十一時。

『アロルドのパスタ亭』の開店する時刻である。

最近ではランチタイムには行列ができており、早めに行くか遅めに行くかしないと待ち時間が長くなってしまう。待つのを嫌う幸助はすぐに店へ向かうことにした。

それほど時間もかからずアロルドの店へ着く。

いつもの立て看板が幸助を迎える。しかし幸助はある違いに気づいた。トマトの色が鮮やかになっていたのだ。

「ちゃんと描きなおしてるんだ。忙しいだろうに、えらいな」

ギィ。

重厚なドアを開く。

「あ、コースケさん！　いらっしゃいませ！」

「こんにちは、サラ。立て看板、描きなおしたんだ」

「うん！　気づいてくれたんだ」

「もちろん」

「ずっと使ってて色が変になってたからね」

夜間は店内に片づけている看板であるが、昼間は日光や風雨にさらされるので、どうしても劣化してしまう。文句も言わずに毎日しっかりと働いてくれる看板だからこそ、メンテナンスは大切だ。

「サラ、今日はカルボナーラを食べに来たよ。あ、ハンバーグもセットのやつで」

決めていたオーダーをする幸助。ただでさえ高カロリーのパスタをセットメニューで注文する。だから太るのである。

「はーい。ちょっと待っててね」

くるっと回れ右をするサラ。真っ赤なポニーテールがふわりとたなびく。

キッチンへ向かったサラを見届けると、幸助は一番お気に入りの席に腰かける。小さな窓から通りを行き交う人が見える場所だ。いつものようにぼうっと外を眺める。

今日も様々な人や馬車が行き交っている。

（今日は食べ終わったら何をしようかなぁ……。うん？）

幸助が自分の思考の中へ入り込もうとした時、キッチンからアロルドがやって来るのに気づく。

どかっと幸助の正面に腰かけると話し始めた。

「コースケ、メシの前にちょっと相談があるんだが」

「相談ですか？　新作パスタのネタはありませんよ？」

アロルドが幸助にする相談事は大抵メニューのことである。ラインナップにペペロンチーノも加わり、幸助の個人的満足度もだいぶアップしている。

欲を言えば海鮮系のパスタも食べたかったのだが、生憎海辺の街まで馬車で一週間くらいかかる。鮮度を維持することが難しいこの世界ではあまり期待できない。

「今日はそうじゃない」

しかし今日はそうではないらしい。どのような相談か気になり聞き返す。

「どんな相談ですか？　お店は繁盛してるみたいですし」

「うちのことじゃないんだ。この前、商業ギルドで知り合いに会ってな。かなり商売に困ってるみたいなんだ。よかったら助けてやってくれないか」

その言葉に幸助は心の中でガッツポーズをする。この仕事を始めてから初めての紹介である。ある程度実績ができると、そのあとはほとんど紹介だけで成り立たせることもできる商売だ。

紹介してもらえるということは、幸助の能力が評価されたことに他ならない。大いなる躍進だ。嬉しさでにやけそうになるのを必死に抑えつつアロルドに質問をする。

「ちなみに業種は何ですか？」

「武器屋だ」

「ぶ、武器屋……ですか？」

思いがけない業種に戸惑う幸助。

武器屋など当然日本にはなかった。しかもこの世界に来てから剣を取るようなこともなかった。召喚された時に適性がないと判断されていたからだ。だから武器屋の存在は目に留まっていたが買ったことも入ったこともない。

「ああ。俺の店は何で流行ったのかと聞かれてな。そいつは流行ってなかった頃の俺の店を知ってるんだ」

「変化を目の当たりにしたんですね」

幸助がアロルドと出会った頃と今では、業績は雲泥の差だ。市民の間でおいしいという評判も立っている。それでいてベースとなるトマトバジルパスタは全く同じなのだから、同じ商売人の眼からすると不思議に見えるのであろう。

「ああ。だから今の俺の状況に驚いてな。繁盛のコツを聞かれたから説明も面倒くさいし、お前の名前を出したんだよ」

「……」

「そしたら是非会ってみたいとさ」

「そうなんですね。面倒くさいというところが引っかかりますが、ありがとうございます」

（ありがたいけど武器屋なんて分かんないぞ。大丈夫かな）

あごに手を当て考え込む幸助。

（武器屋は基本的にアロルドさんと同じ職人の商売に分類されるよな。アロルドさんみたいに技術があるというのは大前提だけど、武器の質なんて分からないし。その判断は僕にはできないぞ）

「ところで、その方の腕は確かですか？」

「ああ、間違いない。去年まで騎士団の注文を一手に受けていたくらいだからな」

それを聞いて安心する幸助。

「それなら間違いなさそうですね。でも何でその取引が無くなっちゃったんですかね？」

「競合店に取られたんだと」

購買担当者が変わった途端、半額で提供するという武器屋に取引の全てを奪われている。アロルドもそこまで把握しているわけではないが、競合店に取られたという事実のみは聞いていた。

「いずれにしても話を聞いてみて、それからの判断ですね」

「ああ、できるできないの判断はお前に任せる。とりあえず話だけでも聞いてやってくれ」

「分かりました。ちょうど今はどの店にも関わっていませんので、紹介よろしくお願いします」

幸助がそう告げると、遠巻きに話を聞いていたサラがアロルドの隣にやって来る。

「あのね、コースケさん。私も一緒に武器屋さんに行くの！」

「えっ、それはどうして？」

サラの言葉に戸惑う幸助。ついてくること自体は問題ないが、店の仕事も忙しい折にアロルドが許さないだろうと考える。

「俺がついていけって言ったんだ。武器屋の顔も知ってるからな」

「アロルドさんがそう言うならいいですけど……」

どういう風の吹き回しであろうか。今まで幸助とサラが二人で行動するのを嫌がっていたように見えた。それが今、全く正反対のことを口にしているのだ。不安げな幸助の表情に気づいたのか、アロルドが再び口を開く。

「それにだな。お前はいつか大物になりそうだ。サラにはしがないパスタレストランだけじゃなくて、もっと多くの世界を体験してもらいたいと思ってな」

思いがけずアロルドから大物になると評価され、驚くとともに嬉しさが込み上げる幸助。店のことは心配するな、とアロルドは続ける。

「そうですか。アロルドさんの考えてる世界に行けるかは分かりませんが、頑張ります」

「おう、よろしく頼んだぞ」

「よろしくね！　コースケさん」

こうして幸助の商売に初めての仲間が加わることとなった。

◇

翌日の朝、アロルドの店で合流した幸助とサラは工業街にあるホルガーの店を目指す。

今日のサラの服装はよそ行きの白いワンピースだ。東西と南北のメインストリートが交差するロータリーを南へと向かう。

「あのね、コースケさん。ここが冒険者ギルド」

サラの指差す先には、石造りで三階建ての建物が見える。

幸助は何度もこの前を通ったことはあったのだが、朝に来るのは初めてだ。

入り口からはひっきりなしに冒険者たちが出入りしている。剣を腰に下げている者、槍を持っている者、魔物を連れている者など、そのスタイルは自由そのものである。

「賑わってるね」

「うん。朝依頼を受けて、夕方には帰ってくるっていうスタイルが多いみたいだよ。だから朝と夕方は賑やかなの」

「なるほどね」

今回の依頼が武器屋なので、何らかのヒントがあるかもしれないと冒険者たちの装備に気に留める幸助。ひとえに剣と言っても大きいものから小さいもの、太いものから細いものまでいろいろあるようだ。

剣だけでなく槍や大斧など、その装備は様々だ。稀にしか見かけないが、ローブを纏った魔法使い

らしき冒険者は杖を持っている。

「冒険者は自分に合った武器を使う、魔物を連れる、魔法を使うといったところか。魔法ねぇ……。そういえばサラは魔法使えるの？」

幸助は何気なくサラに尋ねる。

幸助自身はこの世界に召喚された時に魔法の能力はないと判断されている。だから使うこと自体諦めていた。だが、せっかく魔法のある世界に召喚されたのだから少しくらい使ってみたかったと思ったことは何度もある。

「私は使えないよ」

「やっぱり限られた人しか使えないんだ」

「うん、そうだね。あ、でもちょっと見ててね」

そう言うとサラは立ち止まり人差し指を上に向けると、んーーっと力む。顔がすこし赤くなる。するとと数秒後、指先にポッと赤くて小さい火が灯るが、一瞬で霧散する。

「うぉっ！　今の、魔法？」

「うん。そうだよ！　これじゃ何の役にも立たないけどね」

幸助の反応に嬉しさで笑みをたたえるサラ。

「いいなぁ、僕は全く使えないからな」

この世界では、十人に一人は魔法を発動させることができる。しかし、実戦で使えるレベルに達する人はその中の百分の一以下である。

サラのように「ちょっとした魔法」程度でほとんどの人が終わるのだ。

従って、有能な魔法使いは国や貴族に雇われるか有名な冒険者として荒稼ぎしている者が多い。


「うん？　何だろあれ」

再び歩き出そうとしたところ、正面から何かが近づいて来ることに気づく幸助。

「どいてどいて！　誰か治療術士を呼んでくれ!!」

幸助の眼には一人の少年が荷車を曳《ひ》きながら全速力で走って来る姿が映る。その表情は鬼気迫るものである。何事かと少年の曳いている台車を見ると、怪我をしているのだろう、装備を血で染めた少年が運ばれていた。傍《かたわ》らには彼が使っていたとみられる真ん中から折れた剣が置かれている。

「魔物にやられたのかな？」

「そうかもしれないね」

「冒険者は命がけだなぁ。こんな朝っぱらから怪我なんて。僕には無理だよ」

「コースケさんは違う能力があるから大丈夫だよ」

「ありがと、サラ」

改めてここは異世界なんだなと感じる幸助の耳に、先ほどの光景を見ていた野次馬の声が届く。

「最近若い人の怪我が増えたわねぇ」

「そうねぇ。ギルドの治療術士さんも大忙しみたいよ」

「若いのに命張って魔物退治してくれてるんだから感謝しないとね」

どうやらギルド周辺ではよく見られる光景のようだ。少年が冒険者ギルドに入っていくのを見届けると幸助とサラは再び歩き出す。

冒険者ギルドから歩くこと十五分。幸助とサラは目的の武器屋へ到着した。

「ここがホルガーさんの店だよ！」

サラが立ち止まった前には個人商店にしては珍しく石造りで二階建ての店舗が建っていた。

外壁には幸助が以前にも見たことのある剣と槍が交差している看板が掲げられ、小さく『ホルガーの武器店』と書かれている。

幸助がアロルドへ認知の説明をする際、喩えに使った看板だ。入り口は開かれているのでそのまま中へ入る。店内には誰もいないようだ。

「こんにちはー」

サラが声をかける。

「うん？　お客さんなの？」

カウンターの向こうから声がする。しかし、人影は見えない。その代わり小さな猫の耳だけがカウンターの上にちょこんと出てきた。その耳がカウンターを横にスライドし端に達すると、その全身が露わになる。

「いらっしゃいなの」

茶色の髪の上に猫の耳が乗ったホルガーの娘、パロが二人を出迎える。

（おぉ、獣人！　しかもめっちゃ可愛いじゃないか！）

幸助は今までにも獣人と呼ばれる人を見たことはあった。しかし残念ながら筋肉ガチムチの狼獣人しか見たことがなかったのだ。しかも襲われかけたこともある。「やらないか」という誘い文句とともに。だからこそパロの愛くるしさに目を見開く。

「こんにちは。ホルガーさんはいるかな？」

腰を下げパロと目線を合わせ問いかけるサラ。サラは何度か会ったことがあるので別段驚いた様子はない。

「うん、ちょっと待っててなの」

そう言い残しトテトテと奥へ消えていくパロ。

「今の娘、可愛いなぁ」

「うん。ホルガーさんの娘さんだよ。血はつながってないんだけどね」

「へぇ。そうなんだ。獣人ってゴツイ人ばかりだと思ってたよ」

「なにそれ。変なイメージ」

「今までに会ってきた人がみんなそうだったからさ」

「ふぅん……」

ホルガーを待つ間、店内を見回す幸助。壁には剣や槍など様々な武器が掛けられている。それぞれの武器の下には値段が書かれた札が置いてある。

「ほとんどが金貨五枚以上か。武器って高いんだな」

「うん。結構するんだね」

金貨二枚あれば四人家族が一ヶ月は生活できる金額である。長く使えるものとはいえ、駆け出しの冒険者にとっては装備を整えるのも一苦労である。

「待たせたな」

奥からホルガーがやって来た。その後ろからパロもついてくる。

「ホルガーさん、こんにちは」

「初めまして、幸助と申します」

「ああ、待ってたぞ」

「私、パロっていうの」

ホルガーの後ろにいたパロが横から顔を出し自己紹介する。

「僕は幸助だよ。よろしくね」

「うん。コースケ」

パロは甘えているのか、名前を名乗るとサッとホルガーの後ろに戻る。

自己紹介が済むとホルガーはカウンターの奥からゴソゴソと丸椅子を取り出す。それを店内の空きスペースへ四つ並べる。

「ここに座れ」

「では失礼します」

各々が椅子に腰かけると幸助が話を切り出す。

「では早速。アロルドさんから少しだけ話は伺いましたが、改めて今の状況を教えていただいてもいいですか？」

「おう」

それからホルガーはここ一年間の出来事を淡々と説明する。

騎士団の購買担当者が変わったこと、それ以来注文が無くなったこと、競合店に取られたこと、そこが半額でやっていること……などである。

口数の少ないホルガーからゆっくりと紡がれる言葉は重みを持って幸助とサラへ届く。


「許せない！」

ダンと床を踏み鳴らす音が店内に響く。パロはビクっとしてホルガーの後ろに隠れる。怒りを露《あらわ》わにしたのはサラだ。

「その武器屋を徹底的にやっつけちゃおうよ！」

「ダメだよサラ。感情に任せてそんなこと言っちゃ」

「だって！」

「競合とこうやってしのぎを削るのも商売だよ。相手が悪いことをしてるとは限らないんだしさ」

幸助に窘《なだ》められると唇を噛み下を向くサラ。サラ自身も商売で苦労をしたので思うところがあるだろう。そしてこの感情の起伏を見て初めてアロルドと親子なんだなと感じる幸助。

「それで今はどうやって生計を立ててるんですか？」

「冒険者を相手にしてる」

確かにこの場所は冒険者ギルドからもそれほど遠くない。ギルドで受けた依頼をこなすため南門から街の外へ行く時も店の前を通るはずである。

「売上は足りてますか？」

「ダメだ」

「どのくらいダメですか？」

「全くダメだ」

会話が噛み合わない。アロルドも職人気質であったが、ホルガーは別の意味で一癖ある男である。切り口を変えて再度質問する幸助。

「ここに金貨五枚の剣がありますが、これは先月から今日までにどのくらい売れましたか？」

そう言いながら先ほど店内を見回した時に目に入った、おそらくこの店内で一番安いであろう剣を指差す。

「一本も売れてない」

「他の剣や槍はどうですか？」

「一本も売れてない」

「一本も……ですか？」

「一本もだ」

要するに最低でも一ヶ月間、売上はゼロということだ。

アロルドの店は仕入が売上を上回るという状況だったが、こちらも状況は逼迫《ひっぱく》しているようだ。

どうしたら良いのか幸助が考えていると、珍しくホルガーの方から口を開く。

「あいつらは金がない。だからなまくらしか買わない」

「なまくらって?」サラが尋ねる。

「焼きも入ってない。鋳物《いもの》も売ってる。粗悪品だ。すぐダメになる」

それを聞いて先ほどのギルド前で見た光景を思い出す幸助。若い冒険者の横には真ん中から折れた剣が置かれていた。

「確かに、先ほども怪我して運ばれてる若い冒険者を見ました」

「それに、最近よく見かけるって言ってたよ」。サラが続ける。

「ああ。武器ってのは、いいものを、ちゃんと面倒見て、長く使うものだ……」

「若い冒険者はお金がないから粗悪品を買う。粗悪品を買うから怪我が増えたってことですか」

「ああ」

悪循環が起きているなと幸助は考える。だがここで疑問が浮かぶ。怪我が増えたのは最近のことである。それ以前はどうなっていたのか気になり、ホルガーへ質問する。

「ホルガーさん、その粗悪品を売ってる店ができるまでは若い冒険者は何を使ってたんですか?」

「上級者のお下がりだ」

「ああ、なるほど。新品は買えないから中古ってことですね」

「そうだ」

納得する幸助。

お下がりであれば古いけれどそこそこの質の剣が手に入るということである。安い粗悪品が出回ったことでその文化が無くなってしまったのかもしれないと幸助は推測する。

「若い冒険者はお金がないから安いのを買っているということは分かりました。ところで上級者はどこで買ってるんですか？」

「他の街だ」

「わざわざ買い付けに行くんですか？」

「この街には、上級者向けの仕事がない。だから出て行く」

「ちなみにホルガーさんの剣はどのランク向けの剣ですか？」

「騎士団向けだ。冒険者なら上級者だ。それしかやってない」

ここで合点のいく幸助。ホルガーの扱っているのは精鋭集団である騎士団向けの武器ばかりである。

冒険者で言えば上級者向けということだ。おいそれと初心者が手を出すことはできない。しかし、この街にはホルガーの武器を買える上級者はいない。

「もしかしたらターゲティングのミスマッチかもしれませんね」

幸助はサラリーマン時代によく使ったワードを口にする。

今までにもそのような事例はよく見てきた。若者の多い街で高齢者向け商品を売ったり、高性能なソフトウェアを零細企業向けに開発したりといった具合だ。

「ターゲティング？　ミスマッチ？　コースケさんどういう意味？」

（あれ、僕ってもしかして意識高い系に見える？　ま、いっか。いずれこの世界をイノベーティブなソリューションでカイゼンするんだからな）

「ターゲティングっていうのは、自分のお店の商品を誰に向けて売るかを決めること」

「うんうん」

「それで、この街の冒険者に対する武器の需要は初心者向けなんだ。だけどホルガーさんのお店には上級者向けしか置いてない」

ここまで聞くとサラは理解したようで、手をポンとたたく。

「初心者向けの装備を置かないといけないってことだね！」

「正解。よく分かったね」

「やった！」

サラの頭をポンポンとする幸助。そして真面目な顔に戻り、ホルガーへ向き直り告げる。

「ということなんです、ホルガーさん。まだ調査してないので断定はできないですが、恐らくはこのミスマッチが原因です」

「だろうな」

やはりホルガーもそう感じていたようである。

「やっぱりコースケさんすごいよ！　武器のこと知らないって言ってたのに、もう原因が分かっちゃうなんて」

「ありがとう、サラ。まだ断定ではないけどね」

ミスマッチが原因となると、店の運営方針を根本から変えなければならない。

そして方針が変えられないならば上級者がいる街へ引っ越さなければならない。幸助は商売の核心に迫る質問をする。

「ホルガーさんは、これからもこの街で商売を続けたいと思ってますか？」

一瞬だが頬が引きつるホルガー。

店主に商売を続けたいという意思がない場合は何を手伝っても無駄なため、失礼なことを承知の上で確認する幸助。ここで戸惑うようであれば、手助けはできない。

「もちろんだ」

「店をつぶさないためには素晴らしい高品質な武器ばかりでなく、初心者が手の届く武器も作らないといけなくなりますよ？」

「ああ。こいつの友達、この街にたくさんいる。だから」

そう言いながらパロの頭を撫でるホルガー。それにつられ、ピコピコとパロの耳が動く。

「パパのお店、無くなっちゃうの？」

「ううん、パロ。大丈夫だよ。心配しないで」

「そうだよ、パロちゃん。コースケさんなら大丈夫だから！」

（こんな小さな子が店のことを心配してるんだ。この子のためにも頑張らないとな）

ホルガーの意思とパロの想いを聞き、何とかしてあげたいという責任感が湧き上がる幸助。しかも

今や仲間とも言えるアロルドからの紹介でもある。何としてでも改善を成功させなければならない。

「ホルガーさん」

「何だ?」

視線の合う二人。

幸助はいつものセリフを声高らかに宣言する。


「あなたのお店、僕が流行らせてみせます!」


声高らかに宣言する幸助。そしてホルガーの反応を窺う。アロルドの場合はこの後断られ、ルティアの場合は笑われた。今回はどのような返事が返ってくるのか気になる幸助。

「ああ、頼んだぞ」

杞憂であった。即答である。そもそもホルガーは最初から頼むつもりでいたのだ。やはり紹介の力は偉大である。

「ありがとうございます。では今後の予定についてなんですが……」

何はともあれ武器の知識がない幸助。まずは勉強も兼ねて市場調査をすると説明する。

「コースケさん、市場調査って何?」

「この街の人がどんな武器を必要としてるか調べることだよ。あとはどんな武器が売ってるかってとこだね」

「さっきのターゲティングと関係のある話だね！」

「そう！　さすがサラ」

「えへへ」

　ほとんどの日本人がそうであるように、幸助も武器屋など行ったことがない。だからここはしっかりと足を使って調べた方が得策だと幸助は考えた。

「それでホルガーさん、いろいろ質問があるのですが……」

　幸助は武器についての話を聞こうとする。しかしホルガーは極端に口数が少ない。結果、種類や材質のことくらいしか聞き取れず、この日は一旦お開きとすることにした。幸助とサラは翌日の朝にまた来ることを言い残し、店を後にする。

「ホルガーさんのお店、流行るようになるといいね」

「そうだね、サラ。僕たちの働き次第だから一緒に頑張ろうね」

「うん！」

　肩を並べ来た道を帰る幸助とサラ。太陽はだいぶ高くなっているが、まだランチタイムが始まるまでには時間がある。

　アロルドは店のことは気にするなと言ってくれている。しかし人を雇う余裕はまだない。従って幸助は、可能な限りランチタイムにサラが店に入れるように配慮することにしたのだ。

取り留めもない会話をしながら歩を進めること十数分。ちょうど冒険者ギルドの前に差し掛かったところで幸助がサラへ提案する。

「そうだ。ちょっと冒険者ギルドに寄っていかない？」

「うん！　いいよ」

開け放たれた冒険者ギルドの入り口をくぐる二人。

「ここが冒険者ギルドか」

「思ったより広いね」

中に入ると石造りの広い空間が二人を迎える。前にサラが言った通り、日中の冒険者ギルドは人が少ない。

正面には受付カウンターがあり、一人の女性が新たな訪問者の様子を窺っている。

左手にはテーブルと椅子が並んでおり、数名の冒険者が早めの昼食か遅めの朝食をとっている。まだ駆け出しなのであろう。幼さの残る少年が身に着けている皮の鎧には、汚れや傷などがほとんどない。

右手の壁面には、何かが書かれた紙が所狭しと掲示されている。タイトルからは「討伐依頼」「採取依頼」といった文字が読み取れる。

「とりあえず受付の人に聞いてみよう」

そのまま正面へ進む幸助とサラ。受付嬢が営業スマイルで二人を迎える。

「こんにちは、本日はどのようなご用件ですか？」

「すいません、冒険者ギルドのことで質問があるんですが、いいですか？」

「新規登録をご希望でしょうか？」

少し首をかしげながら返答する受付嬢。商業ギルドに負けないくらい、こちらも美人である。

「あ、いや……。いずれはするかもしれないですけど今は話だけ」

「畏まりました」

冒険者登録するつもりはなかったのだが、話の流れで冒険者志望となった幸助。受付嬢に聞いたところ、要点は次のようなことであった。

まず、この街の冒険者について。

ホルガーの言っていた通りこの街の周辺には凶暴な魔物はおらず、初級から中級者向けの依頼しかないそうだ。従ってある程度の腕を積むと、別の街へ旅立つ人が多いとのこと。

そしてホルガーの競合店について。

現在この街に武器屋は三軒ある。そのうちの一軒がかなり安い価格で武器を提供しているらしく、実質初心者の選択肢はその店一択のようである。

ただ、やはり価格相応、またはそれ以下の品質だそうだ。ギルドとしてもそれにより起きる事故を問題視しているとのこと。しかし商業への口出しはいろいろと制約があるようで、根本的な解決には至っていない。

その後いくつかの質問をすると幸助は話を切り上げる。

「ありがとうございます」

「いえ。次は冒険者登録をお待ちしていますね」

「はっ、はい。いずれまた……」

営業スマイルをたたえる受付嬢に背中を向け、冒険者ギルドを後にする。

その後アロルドの店へ戻りランチを食べる。今日はペペロンチーノだ。具材が工夫されているようで、今日は鶏肉のようなものが入っていた。

「ごちそうさま。じゃあ行ってくるね」

「コースケさん、行ってらっしゃい！」

白と黒のエプロンドレスに着替えたサラに見送られ、幸助は先ほど冒険者ギルドで聞いた競合店へ向かう。参考にするために武器を購入するつもりだ。

「ええっと、この辺って言ってたかな」

幸助は再びメインストリートを南に下る。秋の入り口とはいえ、昼の日差しはまだ強い。額に浮かぶ汗を短い袖でぬぐう。

「おっ、これが防具店か」

冒険者ギルドで聞いた目印となる防具店を通過すると、その次の路地を左へ入る。

建物の影を歩くことができてホッとする幸助。しばらく歩くと、剣と槍の交差した看板が目に入る。武器屋の看板として定番のデザインのようだ。

開いている玄関をくぐり店内に入る。

「らっしゃい！」

細身だがしっかりと筋肉のついた店主が笑顔で幸助を迎える。最初の印象は悪くない。

店内にはホルガーの店よりも多種多様な武器が並んでいる。

「あの、僕に合う武器を探してるんですが……」

「うん？　武器を持つのは初めてか？」

「はい」

「なら剣か槍がメジャーどころだが、どちらがいい？」

「まだ決めかねてます」

「そうか。本当は買う前に錬成所で適性を見てもらった方がいいんだがな。まあいいや、槍なら間違いないだろう」

そう言うと店主は店頭の在庫から一本の槍を取り出す。その長さは軽く幸助の背を超えている。

「もう体格は大人みたいだからこれでどうだ？」

穂先を上に向け、ひょいと渡す店主。それを両手で受け取る幸助。

「うわっ」

渡された槍は幸助の手から滑り落ちる。石突きが床に当たり、ゴンッという音を立てる。

「槍って重たいんですね……」

「何だ。軟弱だなぁ、お前」

再び槍を持ち上げてみる幸助。ずしっとその両手に重みがのしかかる。

「これは振り回せそうにないですね」

「ならこれはどうだ？」

店主に槍を返すと今度は少し細身のものを持って来た。これでもずっしりと重みを感じるが持てないほどではない。

「大丈夫そうですかね」

「よし、こうやって動かしてみろ」

店主の身振りを真似して槍を扱う幸助。それを見ながらうんうんと頷く店主。

「よし、決まりだな」

「いくらになりますか？」

「大銀貨五枚だ」

想定外の価格に驚く幸助。

ホルガーの店では最安値の商品でも金貨五枚であった。

初心者向けとはいえ、安くても金貨二枚は必要だと思っていたのだ。

「そんなに安いんですか？」

「初心者向けだからな。あと、これはサービスだ。またうちの店を使ってくれよな」

そう言うと店主は槍の穂先に木製の鞘を取り付ける。

「ありがとうございます」

「いいってことよ。それより怪我をしないように頑張れよ」

代金を店主に渡し店を後にする幸助。ちょうど入れ違いで冒険者らしき客が店へ入っていく。

「おっちゃん！　前と同じ槍をくれ！」

「なんだ、もう壊したのか。もっと上達しろよな」

店の外へ漏れ聞こえる会話を聞きつつ、その場を後にする幸助。

（それにしても、かなり感じのいい店だったぞ。やっぱり実際に買ってみないと分からないものだな。商品の品質はよく分からないけど、これなら繁盛するわけだ）

商売人が競合店を視察する時、どうしても経営者側の視点で店を観察してしまう。そうなると目につくのは商品そのものだったり価格など「物」に行きがちになってしまう。ただ視察するだけでなく、幸助のように純粋に客として購入を体験することでいろいろ見えてくることもあるのだ。

◇

翌日の午前。

約束した通り前日と同じ時間に幸助とサラはホルガーの店を訪れた。幸助の手には昨日買った初心者向けの槍が握られている。

「おはようございます、ホルガーさん。パロもおはよう」

「おはようなの」

今日は二人とも店頭にいた。幸助とサラを待っていたのであろう。

「ホルガーさん。これ、例の店で買って来ました。見てもらってもいいですか？」

「ああ」

幸助は持って来た槍をホルガーへ渡す。受け取ったホルガーはその槍を手にした途端、顔をしかめる。穂先を覆っている鞘《さや》を無言で外すと、コツコツと自分の拳でたたく。

「鋳物だ。柄も柔らかい」

槍を床に置くとホルガーは幸助へ尋ねる。

「これ、壊れてもいいか？」

「はい、問題ありませんよ。使い道もありませんし」

その回答を聞くとホルガーは幸助たちに背を向け、工房へ通じる通路へ向かう。しばらく待つと槌を手にして戻って来た。普段剣をたたいている槌である。

「少し離れて見てみろ。大きい音がするぞ」

ホルガーの言葉で、槍から距離を取る三人。

パロは耳をピタンと閉じ、サラの後ろに隠れながらそのワンピースの裾をキュッと握る。三人が槍から離れたことを確認すると、ホルガーはその手に持った槌で槍の穂先をたたく。

ガギンッ
金属同士がぶつかる鈍い音がすると、ものの見事にその槍の穂先は割れてしまった。ホルガーの様子からして、全力でたたいたようには見えない。

「割れちゃったの」

「こ、こんなに脆いんですか？」

「ああ。鬆《す》が入ってる。こんなものだ」

幸助が購入した槍は、相当な粗悪品だったようだ。ただの鋳物というだけでなく、鬆が入っているということは普通の鋳物よりも脆いということだ。二つに割れた穂先の周りには細かな粉も散らばっている。

「これじゃあ実際に使ってもそう長くは持ちそうにありませんね」

「ああ」

（だから僕の後からあの店に来た冒険者は同じのを買っていたのか。まるで消耗品みたいだな）

「安かろう悪かろう……ってことか。店のイメージは悪くなかったんだけどな」

「お店は良かったんだ？」

「うん。愛想もいいしいろいろアドバイスしてもらって、この槍を買ったんだ」

店主の表情を思い出す幸助。終始真剣に幸助の武器選びを手伝ってくれたという印象が残っている。だからこそメインストリートに面してなくても繁盛しているのだと感じたのだ。

「そっか。接客が良くて安いから駆け出しの冒険者から支持されてるのかな？」

「そうだろうね」

「で、どうする？　これから」

ホルガーの言葉に、時間を確認する幸助。

「続きはまた明日にしましょう。明日の要点は駆け出しの冒険者でも買える武器についてです」

「ああ」

「ホルガーさんは初心者向けの武器についてどんなのが提供できるか考えてみてください」

「分かった」

ルティアの場合、本人にオリーブオイル販売の方法も考えてもらった。しかしホルガーはアロルド以上に職人気質だ。アロルドとは販売方法についても一緒に考えることができた。サラの協力が大きかったこともあるが。しかしホルガーとは会話そのものが続かない。従って、幸助が考えることのできない「商品」そのものだけを考えてもらうことにしたのだ。

「また明日なの」

「バイバイ、パロちゃん」

サラがパロに手を振ると小さな手を振り返すパロ。耳が手と連動してピコピコ動く。

その日の夕方。

東西を貫くメインストリートは、雲の切れ目から姿を現した夕日で真っ赤に染められている。長い影を曳《ひ》いた人々が足早に家路を急いでいる。通りの店は多くが閉まり、昼間の賑わいはもうない。

しかし、外が暗くなるにつれ賑わいを見せる場所がある。宿屋の一階である。

この世界では宿屋の一階に食堂が併設されるのが定番だ。宿泊者の食堂も兼ねている場所であるが、夕方以降は酒場として営業している。

ランプで淡く照らされた店内は喧騒に包まれている。冒険者や商人など多種多様な人が酒杯を交わしている。

とあるテーブルでは依頼に成功でもしたのか中央に骨のついた大きな肉が置かれ、体格の良い冒険者たちが我先にとその肉をつついている。

カウンター席に目を向けると、一人の男の背中が見えた。幸助である。カウンターに置かれたジョッキを持ち上げると一気にそれを傾ける。飲み切ったのか「プハァ」と息をつくと、立ち上がり喧騒の中心地へと向かう。

特に用事がない場合、大抵幸助はアロルドの店かこの酒場で夕食をとっている。普段であればこのままカウンター席でさっと夕食を済ませるのだが、今日は違う。勇気を出して冒険者たちの酒宴に顔をはさみ、武器についての意見を聞こうとしているのだ。

「こんばんは」

大きな肉が置かれたテーブルを訪れると勇気を振り絞り声をかける幸助。

四人の冒険者につつかれた肉は、既にその半分が骨だけになっている。

声をかけた相手は三十歳くらいであろうスキンヘッドの大男だ。装備の上からでも、その体が立派な筋肉の鎧で包まれていることが分かる。男の隣には彼の武器であろう、大ぶりの剣が立てかけられている。

「お？　兄ちゃん珍しいな。いつもあっちで一人寂しく食べてたよな。今日はどうした？」

声をかけた相手は、同じ宿に泊まっている冒険者である。

会話は初めてだが、酒場や廊下ですれ違っているので顔くらいはお互い知っていた。しかし、ぼっち認定を受けているとは露ほども知らなかった幸助。少し凹《へこ》む。

「あ、はい。いつも一人っていうのも寂しくて……。よかったら混ぜてもらえませんか？」

「おう！　いいぞ。いつも同じ顔ばかりだと飽きるからな。兄ちゃんは酒いけるよな？」

「はい。大丈夫です」

「おーい！　こっちにエールをもう一杯！」

程なくして幸助の前にエールが運ばれると、各々がジョッキやカップを手に取る。


「乾杯！！！」


エールがなみなみに注がれた木製のジョッキをガシッと合わせると、その勢いで少しだけ中身がこぼれる。それを気にせず幸助は一気に半分ほど呷る。

「いい飲みっぷりだな！　じゃあ自己紹介といこうか。まず俺はランクDの冒険者、ランディだ」

「僕は幸助といいます」

「こいつらは俺のパーティーメンバーだ」

そしてランディのパーティーメンバー三人とも自己紹介を交わす幸助。

ランディ以外は皆ランクFの冒険者であった。

ちなみにこの世界の冒険者はその実力でランクAからFに分類されている。ランクFが初心者、ランクAは大ベテランである。

「ランディさんとはこの宿屋でよくすれ違いますけど、ずっとアヴィーラ伯爵領を拠点にしてるんですか？」

「ずっとではないがな。今は拠点にしてる」

「ランディさん、後輩の面倒見がいいんっすよ。こないだも……あてっ！」

「お前は余計なことを言うな」

若い冒険者を軽くはたくランディ。どうやら褒められることが苦手なようである。

「僕ら近くの村出身なんですが、ランディさんに鍛えてもらってるんです」

この世界の田舎は働き口が極端に少ない。畑など家督を継ぐことができる者は良いが、そうでない者の方が多い。

従って冒険者登録ができる十二歳を過ぎると、冒険者ギルドのあるこの街へ近隣の村々から駆け出しの冒険者が集まってくる。

ランディはそのような駆け出しの冒険者をパーティーメンバーに迎え入れ、依頼をこなしながらある程度成長するまで面倒を見ているのだ。

「それでコースケ。お前は何をしてるんだ？」

「今はわけあって知り合いの武器屋を手伝ってます」

「ふーん、珍しいことしてるんだな。ちなみにどこの武器屋だ？」

「冒険者ギルドを越えて十五分ほど行ったところにあるホルガーさんって人がやってる武器屋です」

ランディはあごに手を当て少しだけ思案する。数秒経つと、思い出したのか幸助へ視線を送る。

「ああ、あそこな！　騎士団向けの武器ばかり置いてあるところだ」

「はい。そこです」

やはり騎士団向けの店というイメージが強いようだ。

「また、何でだ？」

「最近、粗悪な武器の破損で駆け出しの冒険者の怪我が増えてるって聞きました。だから丈夫で長く使える初心者向けの武器を作ってもらおうとしてるんです」

本当は騎士団の仕事がないというところは端折《はしょ》り、これからの予定を話す幸助。

「ほう？」

眉がピクッと動くランディ。思いがけない幸助の言葉に興味を惹かれたようだ。

右手に持っているジョッキの中身を一息にあけると隣を通りかかった給仕へ「もう一杯」と言いながらそれを渡す。そして真面目な表情になり幸助へ質問をする。

「初心者向けの武器か。質はどの程度になる？」

「僕は武器のことはまだ詳しく分かりませんが、鋳物ではなく焼きの入った鍛造《たんぞう》になるはずです」

「おぉ！！！」

ランディ達がどよめく。全員が同様の反応なので、余程のことなのだろうと幸助は推察する。

とそこへエールを持つ給仕がやって来た。ランディはジョッキを受け取るとそのまま豪快に喉を鳴らしながら胃へとエールを流し込む。

「でも、質は良くてもあまり高いと僕は買えないよ」。若い冒険者が口を開く。

「それはそうだな。駆け出しの冒険者は貧乏っつうのが相場だ」

幸助もそれは把握している。だからどのくらいなら買えるか調べることも今回の目的の一つである。

「確かにそうですよね……。ちなみに皆さんは一年間で武器代にどれくらいお金をかけてますか？」

考え込む四人。

そして一番若い青年が最初に口を開く。

「僕はランディさんから譲ってもらった剣を使ってるからメンテナンス代くらいかな」

「自分は弓だけどよく憶えてないなぁ」

「僕は大銀貨五枚の槍を三回は買ったかな。ランディさんからの借金がなかなか減らないよ」

「お前よく壊すもんな」

「わははは！　確かに」

「槍が脆いだけだよ！」

冒険者たちが口々に自分の装備について発言する。

ランディは剣を使い、ほかの冒険者はそれぞれ剣、槍、弓という構成であった。

具体的な金額について得られた情報は大銀貨五枚の槍が三本ということだけであったが、それでも幸助の参考にはなる。

「ちなみに普段どこの武器屋を使ってますか？」

この質問の回答は一人を除き例の競合店であった。

弓使いの一人だけは弓や狩猟道具を揃えているもう一つの武器店を使用していた。幸助は知らなかったのだが、アロルドが包丁を購入しているのもこの店である。

「ありがとうございます。参考にしますね」

「お前も言った通り、初心者向けの武器が悪くてな。戦闘中に破損すると命にも関わる」

「そうですよね」

「売り出すことが決まったら俺にも教えてくれ」

「分かりました」

「よし、固い話は終わりにしよう。コースケも遠慮せずに食え！」

その後も酒を交えた語らいは続く。

初心者は何本もの武器を使いつぶして買い換えるのが当たり前になっていること。

ランディが武器屋にかけあっても初心者向けの武器の質は上がらなかったこと。

剣よりもリーチの長い槍の方が冒険者の受けが良いこと。

ここ最近魔物の数が増えていること。

ギルドの受付嬢の好みのこと。

ランディの女癖が悪いこと。

……などなどである。

こうして、意気投合した幸助と冒険者たちとの夜は更けていった。

◇

「あたた、痛ってー。昨日、飲みすぎたな」

幸助はベッドから起き上がると頭を手で押さえる。テーブルにある水差しからカップへ水を注ぎ、一気に飲み干す。どろっとした感覚の残る胃に、冷たくも温かくもない水が染み渡る。

昨日、結局幸助はその後数時間にわたりランディ達と飲んでいた。まだ若干の酒が残っている。ちなみに代金はランディが払ってくれると言ったのだが、情報の礼として幸助が全て払った。

「こんだけ飲んだのはアロルドさんの店で打ち上げをした時以来かな」

朝食を食べる時間も胃の余裕もないので、身支度をするとすぐにサラを迎えに行く。

「おはよ！　コースケさん？」

「おはよう」

「コースケさん、顔色悪いよ？　大丈夫？」

「うん、大丈夫。昨日、武器の話を訊くために冒険者たちと一緒に遅くまで飲んでたからね。ちょっと飲みすぎただけ」

冒険者たちに武器のことを聞いていたこと。その後意気投合して遅くまで飲み明かしたことなどを話しながらホルガーの店へ向かう。

「そっか。コースケさんはやっぱり働き者だね！　夜遅くまでお疲れ様！」

「あ、ありがとう」

（サラの中では頑張って仕事したって評価なんだ。九割以上は下世話な話だったとは口が裂けても言えないな）

幸助とサラはいつもの時間より少し遅れてホルガーの店へ到着した。

昨日と同様ホルガーとパロが二人を出迎える。

既にミーティング用の丸椅子も設置済みだ。

「おはよなの！」

「パロ、おはよう。今日は元気だね」

「うん！　パパがパロの好きな朝ごはん作ってくれたの」

「よかったじゃないか」

満面の笑みと一緒にピコピコと動く耳に癒される幸助とサラ。定位置とばかりホルガーの横にちょこんと座る。

全員が腰かけるとミーティングが開始される。

「ホルガーさん、昨日冒険者に話を聞いたんですが、剣よりも槍の方が人気があるんですね」

「ああ。剣より使い勝手がいい」

幸助の中では日本刀の影響が強かったのか、武器といえば剣だと思い込んでいた。だが、そう思っていたのは幸助だけだったようだ。

「やはり槍一択のようですね」

売上数を稼ぐには、使用者の多い商品や流行っている分野へ手を出すのが鉄板である。

斧専門店といったマイナーな武器に特化したポジショニングを取る手法もあるが、あまりにも市場規模が小さいので幸助の中で却下されている。

「それでホルガーさん。初心者向けの武器のイメージはできましたか？」

「ああ。昨日の槍。あれをベースにする」

昨日の槍とは幸助が競合店から買って来た粗悪な槍である。

「あの大きさで、穂先を俺の打ったものにする。使いやすさも工夫できる」

「分かりました。それでどのくらいの売価になりそうですか？」

ここは重要である。

アロルドの料理やルティアのオリーブオイルも、値付けにはかなり気を使っている。安すぎれば利益が出ないし、高すぎれば買い手がつかない。そして高くて利益が出ないのは論外だ。

「金貨一枚だ」

ホルガーから提示された金額は、彼のラインナップからすれば安いのだが、競合店の二倍である。いくら品質の違いがあるとはいえこの差は大きい。

オリーブオイルの場合はブレンドすることにより低価格帯の商品もできた。しかし槍の場合はその手法は使えない。悩み込む幸助。

「金貨一枚ですか……」

「ああ。ここでは鋳物の倍以上が鍛造の相場だ」

二倍が相場と聞いても、金のない駆け出しの冒険者が買うにはハードルが高いと感じる幸助。

幸助も初めて自分のパソコンを買った時、本当は十万円近いものが欲しかったのだが妥協して五万円のパソコンにしたことがある。

結局その後、ネットゲームに手を出して自分の選択を後悔することになったのだが、買う時は値段を重視してしまった。金がなかったのだから仕方ない。

冒険者のためにはできるだけ安くしたい。しかし、安易に安売りするのはよくない。

フリーランスとして独立した人で、受注を取るために自分の技術を安売りした人を幸助は何人も見てきた。その人たちは最初だけはよかったものの、その後忙しいけど儲からないという状況に陥り苦しんでいたのだ。

「分かりました。ではその価格でいきましょう。それで、ホルガーさんと僕との契約のことなんですが……」

その後ホルガーと幸助は報酬に関する細かな条件を詰める。武器は購入サイクルの長い商品なので幸助が報酬を得るのも遅くなりそうであったが、ホルガーには現状の儲けがほとんどない。

結果的にはアロルドの店と同様に経費は幸助の立て替えで、報酬は利益が出た後ということで落ち着いた。

◇

キン、キン、カン！

キン、キン、キン、カン！

時は幸助とホルガーとの契約が決まった翌日。

場所は工業街の一角にあるホルガーの鍛冶工房。

この界隈ならではとも言える音が久々に戻ってきた。ホルガーが槍の穂先を打っている音だ。久しく火をくべられることがなかった窯も、今日は喜びの炎を燃え滾《たぎ》らせている。

初秋の気温と窯の熱、それに槌を振うという運動によりホルガーは汗まみれであるが、一向に気にする様子はない。それよりも久しぶりに鉄を打てる喜びがホルガーを満たしている。

まだ売れると決まったわけではない。しかし、打てることそのものが嬉しいのだ。

(パパが嬉しそうなの)

パロは久しぶりに槌を振っているホルガーの背中を見ている。久しぶりのホルガーらしい姿である。リズミカルな音をＢＧＭに、パロはここ一年の出来事を思い起こす。

毎日工房で忙しそうに働いていたホルガー。

窯の熱気で暑い中、必死に槌を振るう背中。

研磨《けんま》している時の鋭い視線。

パロの中の父親像は「かっこいい」の一言で言い表せられる。

忙しいにもかかわらず、ちゃんと食事は作ってくれていた。週に一回は広場へ連れてってもらい友達とも遊べた。ぶら下がってもびくともしないその太い腕はパロの自慢だ。

しかしある日を境にホルガーは鉄を打つことが全く無くなってしまった。パロの知っている客と、知らない客が一緒に来たあの日以来である。

ホルガーは仕事が無くなっても、決してパロの前で弱音を吐いたり感情を露わにすることはなかった。

だが、ホルガーのかっこいい姿を見られなくなったのが、パロは少し寂しかった。

そして時が経つにつれて、少しずつホルガーの顔から元気が無くなっていたのを敏感に感じ取っていた。

次の境目は乾いた風が吹く寒い日に訪れた。

パロの前では怒ることなどなかったホルガーが、激怒しながら帰ってくる姿を見たのだ。パロには何があったのか分からなかった。だが、怖かったということだけは覚えている。

そしてその日以来、大好きな父親が劇的に変わってしまったのだ。

まず、仕事が無いながらも毎日工房のメンテナンスをしていたのが、その日を境に全くやらなくなってしまった。

次第に道具に埃が重なっていくのを眺めるだけである。それならばパロが掃除をするというと、工房には入るなと怒られた。

そして夜に飲む酒の量が増えた。部屋には空き瓶が散らかり、食事の質も落ちていった。二人だけのささやかな団らんも無くなってしまった。

大好きなホルガーがどこかへ行ってしまいそう。パロは不安で不安で仕方がなかった。こんな毎日が続くかと思うと辛い、寂しい、悲しい。でも、きっと神様がホルガーを元通りにしてくれる。

パロはそう信じていた。

「商業ギルドへ行ってくる」

ある日そう言い残して出かけるホルガーを見送った。それから数日後にやって来たのが幸助とサラだ。

四人で話をしている時、ホルガーは嬉しそうだった。他の人には気づかない程度の表情の違いだが、パロにはよく分かる。ホルガーの眼に力が戻って来るのを感じた。好きなご飯もまた作ってくれるようになった。

それから昨日、幸助とサラが帰った後。

埃にむせながら黙々と工房の掃除をするホルガーがいた。その顔はパロの好きだった自信たっぷりの顔だ。

そして今日。


キン、キン、カン！

キン、キン、キン、カン！


（やっぱり神様はいたの）

一年ぶりに見られた自慢の父の背中。

一年ぶりに感じられる工房の熱気。

ようやく「いつも」が返ってきたと感じるパロ。

次第にパロの視界が滲んでいく。

（パロも嬉しいの）

つーっと一筋の涙がパロの大きな目から零れてきた。涙を袖でぬぐうと、踵を返して店番へと戻る。

◇

「おはよー」

「いらっしゃいなの！」

初心者向けの槍が完成したと聞いた幸助とサラは、一週間ぶりにホルガーの店を訪れた。

「パパを呼んでくるの」

そう言い残しトテトテと工房へ通じる通路へ向かうパロ。

「何か雰囲気が明るくなった気がするね、コースケさん」

「うん。最初と比べると表情がよくなったよね」

ますます販売を成功させなければと緊張感を抱く幸助。

「コースケさん、何かいいアイディアは思いついた？」

「それが、まだ思いついてないんだ」

この一週間で幸助はいろいろと販売方法を検討していた。しかし、決定的なアイディアは浮かんでいなかった。

「お待たせなの」

「待たせたな」

ホルガーを連れたパロが戻ってきた。いつかのようにホルガーの後ろには隠れず、手を引っ張りながら歩くパロ。

ホルガーの反対の手には一本の槍が握られている。

「これがホルガーさんの打った初心者向けの槍ですね」

「ああ」

ホルガーの眼からは自信が溢れている。初心者向けとはいえ、今までの武器と変わらず手をかけた作品だ。我が子と言ってもいい。

その作品を受け取る幸助。ずっしりと両手に重みがのしかかる。競合店の槍よりも少し重いようだ。

「綺麗だなぁ」

「うん。綺麗だね!」

ホルガーの打った穂先を眺める二人。やはり質のことはよく分からない幸助であったが、競合店で買った槍と比べて素直に美しいと感じることはできた。

「あとはどうやって販売するか……だよなぁ」

ホルガーへ槍を返すといつもの丸椅子に腰かける幸助。サラとパロもそれに続く。少し遅れて槍を置いたホルガーが腰かける。

「では始めましょうか」

「おう」

「まず、初心者向けの槍を販売するにあたり、越えなければならない障壁が三つあります」

そう言いながら指を三本立てる幸助。

「一つ目は初心者向けの良い槍があると認知してもらうことです」

「ウチのお店で最初に取り組んだことと同じだね！」

「そうだよ、サラ」

ホルガーの店は冒険者の中では騎士団向けという認識を持たれていた。まずはその存在を知ってもらわないことには始まらない。

「二つ目は、武器の性能について」

「うんうん」

「ホルガーさん、この槍はこの前僕が買って来たのと比べると、攻撃力も耐久性も大幅に増してるんですよね？」

「当たり前だ。鋳物と比べるな」

可愛い息子をけなされた気分になったのであろう。眉間にしわを寄せるホルガー。

「す、すいません……」

反射的に謝る幸助。サラリーマン時代に培った技である。

「えっと、この槍の性能を知ってもらう必要があるんです」

「どうやって知ってもらうの？」

「やっぱり実際に触ってもらうのが一番だから、店頭で実演販売ができればいいんですが……」

そう言いながらホルガーへ視線を向ける。ホルガーはそれに気づき、ゆっくりと口を開く。

「実演販売は、何をする？」

「武器の性能を体感してもらうのが目的です。例えば標的を用意して冒険者に突いてもらったりすることとです」

どれだけ丈夫か言葉で説明することも大切ですけどね、と幸助は続ける。それを聞いたホルガーは、静かに首を横に振る。

「それは、無理だ」

「でもそうやって接客しないと売れるものも売れないですよ」

「そんなこと、したことがない」

ある程度予想していた答えが返ってくる。

騎士団を相手にしている時は決まった担当者が窓口になっていたので、接客らしいことはしたことのないホルガー。もちろん、パロには聞くまでもない。客商売であるのに接客できる人間がいないのだ。

(やっぱりここがこの店の最大の弱みだよなぁ。人を雇うこともできないし、どうしよう。とりあえず今悩んでも先に進まなさそうだから次に行くか)

「分かりました。実演販売は今後の課題にしましょう」

幸助は気を取り直して話を進める。

「三つめはお金についてです」

ここも大きな問題だ。日本であれば高額品にはローンという手がある。もしくはクレジットカード分割払いもできる。ただし分割の対価として相応の金利が発生したり、ついつい買いすぎたりする。ご利用は計画的に。

「冒険者に聞いた限りだと、初めての武器は例の大銀貨五枚でもギリギリみたいです」

「武器が良いって分かっても、お金がなかったら買えないもんね」

「そうなんだよ、サラ」

この一週間で幸助はいろいろな可能性を考えてきた。レンタルや返品保証、メンテナンスサービス、分割払いなどである。

しかし、レンタルはそのまま持ち逃げの可能性があるし、自分自身の所有物でなければ大切に使ってもらえない可能性もある。

そして武器の性能に満足できなかったら返品保証というのは、そもそもお金がない相手には無理だということに気づいたため却下。

メンテナンスサービスも同様だ。

従って、最後に残った分割払いの案をホルガーへぶつける。

「ホルガーさん」「何だ?」

「支払いを二回か三回くらいに分割することは可能ですか? 初回の支払いを原価ギリギリに設定すれば、万が一次が支払われなかったとしても損害は少なくて済みます」

「ダメだ」

即答であった。

「それで失敗した奴、知ってる」

「そうですか……」

そう言われると返す言葉がない。幸助ははぁとため息をつく。

暗い雰囲気が室内を満たす。

幸助が提示した三つの壁のうち解決できそうなのは一つ目だけである。ホルガーの性格や、置かれた環境からすると仕方ないのかもしれないが、それにしても……である。

「…………」

「……」

店内は静寂に包まれる。居心地が悪いのかパロがごそごそ動く音だけが耳に届く。

「…………」

「……」

「そうだ！」

室内の静寂を破るようにサラの声が響く。

「どうした？　サラ」

「私たちだけで考えるよりも、とりあえずその槍を冒険者に使ってもらったら？」

幸助はハッと目を見開く。盲点であった。幸助は三つの壁をどう解決するかばかり考えていたのだ。

良い武器は使ってもらって初めて真価を発揮する。ならばモニターとして使ってもらえばいい。

その結果、口コミを誘発するかもしれない。そして新しい販売手法が見つかる可能性もある。

「そうだ、そうしよう！　ホルガーさん。その槍、信頼できる冒険者に貸してもいいですか？」

「別に構わないが」

幸助はランディのパーティーメンバーである若い槍使いへ貸すことを思いついた。顔見知りであるし、ランディは冒険者からも一目置かれているから安心だ。

「本当にすまない。俺のために、こんなにしてくれて」

「気にしないでください、これが僕の仕事ですから」

「そう言ってもらえると、助かる」

幸助へ頭を下げるホルガー。膝の上に置かれた手は、固く握りしめられている。

「そうだ、今日はウチのお店でみんなでランチしない？」

ホルガーが頭を上げるとサラがそう切り出す。時刻は昼前だ。

「気分転換にいいかもね。でもまたどうして？」

「あのね、小さい子向けのワンプレートランチを考えたの」

「へえ、こんな忙しいさなかに新しいメニューも考えてるんだ。偉いなぁ」

「えへへ、ありがと！」

ホルガーへ視線を送る幸助。

「というわけですが、一緒にいかがですか？」

「新作の試食だからお金いらないってお父さん言ってたよ」

「パロ行きたいの！」

「……分かった」

店の戸締りを済ますと、四人は連れだってアロルドの店へ向かう。余程楽しみなのであろう。ホルガーと手をつないでいるパロは、スキップをしている。

ギィ。

ドアを開け店内へ入る四人。昼の開店時間は過ぎているが、まだ早いのか客は一人もいなかった。

給仕をしているサラの母ミレーヌが皆を迎える。

「お母さん、パロちゃん連れて来たよ。試作品、食べてもらおうよ」

「分かったわ。ちょっと待っててね」

入れ違いでアロルドがやって来る。

「ホルガー、久しぶりだな」

「ああ。紹介、感謝するぞ」

職人同士の会話は極めて短かったが、お互い通じ合ったのであろう。アロルドはすぐにキッチンへ戻っていった。

しばらく待つとミレーヌとサラが料理を持ってやって来た。

「はい、お待たせ。お子様ランチよ」

ミレーヌはホカホカと湯気を上げる小さなランチプレートをパロの前へ置く。パスタとハンバーグ、サラダ、スープのセットだが、一つひとつが小ぶりである。

「くまさんなの！」

パロが喜びの声を上げる。ハンバーグが熊の形をしているのだ。

「ふふっ、可愛いでしょ」

「うん。サラお姉ちゃん、ありがとなの！」

皆の前にもワンプレートランチが運ばれると、サラも同じテーブルへ座る。

「いただきます」

もきゅもきゅと、口いっぱいにハンバーグを頬張るパロ。


「おいしいの！」

「ありがとう、パロちゃん。足りなくなったら私の分もあげるから、いっぱい食べてね」

「うんなの！」

ホルガーの仕事を始めてから初めて訪れた穏やかな時間は、ゆっくりと過ぎていった。

◇

ホルガー渾身《こんしん》の作品である初心者向けの槍が完成した数日後の夜。幸助はいつものように宿の一階で一人寂しくジョッキを傾けていた。今夜のつまみは塩味のきいた豆だ。

この宿屋は、つまみのレパートリーはそれほど多くない。幸助は、肴《さかな》は炙ったイカでいい派なのだが、生憎まだこの世界でイカとは出合っていない。仕方ないのでシンプルで素材の味が楽しめるつまみを選んでいる。

ホルガーから槍を預かった後、すぐにランディへ持っていこうとした幸助。しかし、なかなかその姿を見かけることができなかった。仕方ないので毎日こうしてアイディアを脳内で練っているのだ。

「あーあ。何度考えても武器ってイメージ湧かないなぁ。食べ物だったらいろいろ思いつくのに……」

様々な業界を見てきた幸助であったが、やはり武器屋はあまりにも環境が違いすぎた。

この世界で仕事を請けたアロルドとルティアの店は、いずれも食品関係だ。環境が違えども、イメージはしやすかった。もっとも、イメージするというよりは食べたいという欲求が強かっただけかもしれないが。

緑色の豆を手で二個つまむと、ぽいっと口へ放り込む。そして大して咀嚼しないうちに、それをエールと共に胃へ流し込む。

「はぁ」

ため息をつく幸助。

二杯目のジョッキが空になった。

エールのお代わりをしようとして店員を探すと、入り口から一人の大男が入ってくるのが目に入る。ランディだ。幸助は声を張る。

「ランディさん！」

店内はいつもの喧騒に包まれていたが、幸助の声はランディへ届いたようだ。幸助の姿を認めると、カウンターへやって来る。

「おう、コースケ。今日も一人で寂しそうだな」

「そ、それは言わない約束で……」

「仕方ない、俺が付き合ってやるよ」

手にしていた大きめの荷物を足元にボスッと投げ置き、そのまま隣の席に腰かけるランディ。

ちょうどカウンター内に戻ってきた店員へ声をかける。

「エールを一杯くれ」

「あ、僕もお代わりを一杯ください」

ゴトリ。

ほとんど待たずして木製のジョッキになみなみと注がれたエールが二人の前へ置かれる。

「乾杯！」

ランディは喉を鳴らしながら豪快にエールを飲む。それとは対照的にちびちびと啜《すす》る幸助。

「プハァ！　仕事後の一杯はたまらんな！」

ランディが落ち着いたのを確認すると、幸助は話し始める。

「ランディさん、ここ二、三日見かけませんでしたね」

「ああ。野営の必要な場所まで討伐に行ってたからな。ちょうど帰って来たとこだ」

「そうなんですね。お疲れ様でした」

幸助は自分の前に置いてあるつまみの皿をランディとの間へ移動させる。

「これ、つまみますか？」

「おう、悪いな」

ランディはその大きな手で豆を掴むと口へと放り込む。一気に皿の中の残りが少なくなる。

「パーティーメンバーは？」

「今回はちと難易度が高めでな。あいつらは置いてったんだ」

「そうなんですね」

最近魔物の数が増えてきてな、と続けるランディ。幸助も何度か耳にしたことのある情報である。

もっとも、戦闘力皆無の幸助にとってはどこか別世界の話に聞こえているのだが。

「それよりも、前話してた武器はどうなった？」

「あ、はい。僕もその話がしたかったんです。完成したものが部屋にありますので、取って来ますね」

そう言い残すと幸助は自分の泊まっている部屋へ槍を取りに行く。残されたランディは店員を捕まえ、追加注文をする。

「エールをもう一杯と、何か肉を焼いたものをくれ」

「あいよ！　ちょっと待っててね」

店には団体客がやって来たようで、店員はてんてこ舞いだ。

待つこと約二分。エールが運ばれたタイミングで、槍を手にした幸助が戻って来た。

「ランディさん、お待たせしました。これがその槍です」

「ほう」

幸助から槍を受け取ると鞘を取り、検める。正面から、斜めから、拳でたたき、手のひらで撫で、品質を確認する。顔は真剣そのものだ。

その姿を緊張の面持ちで覗く幸助。

「どうですか？」

「…………」

「……」

「いいじゃないか！　こりゃ一級品だぞ」

一気に破顔するランディ。そしてほっとする幸助。

ホルガーの腕を疑っていたわけではなかったが、実際に使う立場である冒険者の口から品質が裏付けられると安心できる。あとは実戦で試してもらうのみである。

「ちなみに値段はどうなった？」

「金貨一枚です」

「そうか。初めて買うには高いかもしれんが、これだったら長く使える。トータルでは安くつきそうだな」

「はい。僕もそう思います。それでですね、この槍、ランディさんのパーティーメンバーに使ってもらいたいんです」

パーティーメンバーとは、以前ここで食事を一緒にした若い槍使いのことである。他のメンバーからは武器壊しとも言われていた。

「アイツは金がないぞ？」

「いえ、モニターということでお金はいりません」

「モニター？　何だそれは」

この世界ではなじみのない言葉であったようだ。

「期間限定の無料貸し出しみたいなものです。一ヶ月くらい使ってもらえないですか？」

「それなら喜んで受けてやるよ」

「ありがとうございます」

では、と言いながら幸助はランディへ槍の鞘を預ける。それを受け取ったランディは鞘を装着すると自分の剣と並べて槍を置く。

「はい、鶏のステーキね。お待たせ」

話の切りがついたところで、ちょうどランディが注文した肉が届く。人の顔ほどもある鶏の骨付きモモ肉がジュージューと音を立てている。幸助の喉がゴクリと鳴る。

「よし、コースケ。お前も食え」

「はい。いただきます」

こうして牛歩のごとくではあるが、一歩ずつホルガーの店の改善は進んでいく。

◇

数日後の午後。

ホルガーの店での用事を済ませた幸助は、街の南北を貫くメインストリートを歩いていた。

（それにしても進捗がゆっくりだよなぁ。勤めてた会社だったら毎日朝礼で追及されるとこだったよ。ケータイもメールもないから連絡も大雑把だし。最初は落ち着かなかったけど今はこっちの方が性に合うのかもしれないな）

当初はすぐに連絡が取れないことをストレスに感じていた幸助。しかし、今はもう慣れた。逆に縛られない生活もなかなかいいのではと思うことすらある。サラリーマン時代には、便利すぎることによる弊害も感じていたからだ。

電話とメールの処理で多くの時間を費やし、企画を考えるのが夜になることも多かった。それに激務に耐えかね漫画喫茶で息抜きをしたところ、会社支給のＧＰＳ内蔵スマホでバレたという苦い経験もある。

「おう、コースケ！」

「コースケさん！」

冒険者ギルドの前に差し掛かった時のこと。幸助を呼ぶ声が耳に届く。声のした方を向くと、ちょうどランディとパーティーメンバーが冒険者ギルドから出て来るとこであった。

「あっ、ランディさん」

今日は四人とも揃《そろ》っている。皆、機嫌がよさそうだ。

「コースケ。例の槍。こりゃすげーぞ」

「初めて僕の攻撃がレッドボアに通じたんです！」

しかも大型のやつを、と槍使いは続ける。まだ余韻が残っているのか興奮気味だ。その手には
ホルガーが打った槍が握られている。

「もちろんパーティーメンバー全員で力を合わせて討伐したんだが、まさかレッドボア相手にコイ
ツが役立つとは思わなかったぞ」

「前に対峙した時は歯が立たなくて、穂先を折っちゃったんです」

「そうなんですね。武器が役立ってよかったです」

「これで僕も初心者卒業ですね。あいてっ!!」

槍使いの頭にランディのげんこつが落ちた。

「ま、槍はいいんだが唯一の欠点はこいつが腕が上がったって勘違いしたことだな」

「あはははは、間違いない」。他のメンバーが笑う。

これで武器の性能は証明された。初心者向けの武器は脆く弱いという常識を覆《くつがえ》したのだ。あとは
初心者が手に入れられる仕組みを作るだけである。

そこで、幸助はランディへ問いかける。これから考えていることはランディの協力なしでは考え
られないことだ。

「ランディさん、今少しだけ時間いいですか？」

「ああ、今日の仕事はもう終わったからいいぞ」

立ち話もなんだからと、ギルド内の飲食スペースへ腰かける幸助とランディ、そしてパーティーメンバー。

時刻はまだ夕方には早い。従ってギルド内はそれほど混雑していない。飲食スペースでは所々酒を呷っている冒険者がいるだけだ。

ランディがメンバーの一人に銀貨を握らせると、小走りに飲食カウンターへ向かう。ここはセルフサービス方式である。飲み物を買いに行ったようだ。程なくして盆にお茶を五つ載せて帰って来た。

「実はあの後いろいろ考えたのですが……」

「良いアイディアでも思いついたか？」

「良いかどうかの判断をお願いしたいんです」

何だ、と言うランディに真剣な視線を向ける。ひと呼吸置くと、幸助は自身の考えを伝える。

「『ギルド認定武器』という制度ができないかなと思いまして」

幸助は悩みに悩みぬいた末、冒険者ギルドを巻き込むことを考えた。

ホルガーの店は接客はダメ。接客はダメだが武器の性能は良い。武器の性能は良いが価格は高い。価格は高いが分割払いはダメである。

要するに店単独では売れる要素が全くなかった。

だから『ギルド認定武器』という制度を設け、一定の便宜を図ってもらえないかと考えたのだ。

「それは具体的に？」

「はい。この槍のような優れた武器をギルド推奨の武器として認定してもらいます。その武器の購入ができない冒険者に対しては、ギルドが融資なり費用の一部負担をしてもらえないかなと」

「ギルドの負担が増えるぞ。何かメリットがあるのか？」

「討伐依頼の成功率が上がりますよね。今日のレッドボアのように」

そこまで言われてランディは気づいたようだ。目を見開きテーブルをバンとたたく。

「そうか！　良い武器が俺らの手に行き渡ればギルドにも利益が出る。そういうことだな！」

「はい。相乗効果が期待できます」

「よし。善は急げだ。ついてこい。ギルドマスターに掛け合うぞ」

お前らはここで待ってろと言い残すと、ランディは受付カウンターへずんずん進む。その後ろに幸助が続く。

受付嬢が営業スマイルでランディと幸助を迎える。以前幸助がいくつかの質問をした受付嬢である。

「あら、ランディさん。先ほどはお疲れ様でした」

先ほどというのは、ついさっきレッドボア討伐達成報告をした時のことだ。

「隣の方は……確かいつの日か来ていただいた方ですよね。いよいよ冒険者登録ですか？」

ニコりと幸助へ微笑む。

「い、いや、そうではなくてですね……」

幸助が返答に困っているとランディがストレートに用件を伝える。

「ギルドマスターに会いたい。いるだろ？」

「どのようなご用件でしょうか？」

「冒険者ギルド全体に関わる大事なことだ」

「畏まりました。少々お待ちください」

通常であれば門前払いであろう面会理由であるが、受付嬢は取り合ってくれた。ランディの信頼は相当厚いようである。程なくして奥で何か確認していた受付嬢が戻って来た。

「お待たせいたしました。二階の会議室にお越しください」

受付嬢に案内され、石でできた階段を上り二階へ向かう幸助とランディ。二十人は座れるであろう大きな部屋へ通されると、身近な椅子へ腰かける。事務員らしき人がお茶を三つテーブルへ置く。

三分ほど待つと入り口から細身の男性が入って来た。

「ランディさん、こんにちは。そちらの方は……？」

「初めまして、幸助と申します」

「私はギルドマスターのカミュと申します。本日はどのようなご用件で？」

自己紹介が済むと二人はギルドマスターへ用件を伝える。

駆け出しの冒険者が起こす事故のこと。武器が原因の一つであること。良い武器ができたこと。ギルド認定制度のこと。双方にメリットがあること……などである。

「いかがでしょう？」

「……」

一通り伝えるとお茶で喉を潤す幸助。コト、とカップを置くと静寂が会議室を支配する。

一分ほど考え込んでいただろうか。両手で肘をつきながら目を閉じていたギルドマスターがゆっくりと目を開けると幸助へ視線を送る。

「お話は分かりました。しかし生憎我々も仕事を多く抱えておりましてね……」

「双方にとってメリットのあることではないでしょうか？」

「いやぁ、ですから……」

ダン！！！

ギルドマスターが言葉を濁していると、ランディの鋼のような拳が会議室のテーブルをたたく音が響く。

「今まで日和見《ひよりみ》してたから事故が増えてんだろ！　いい加減行動しろよ！　冒険者の命を守るのもギルドの仕事だろ。職務怠慢と上に報告するぞ！」

語気を荒げるランディに、呆気にとられるギルドマスターと幸助。

「コースケ、行くぞ」

ランディに誘われ、幸助は会議室を後にする。そこには未だに呆然としているギルドマスターだけが残されていた。

◇

それからのギルドの動きは速かった。時あまり経たずして『冒険者ギルド認定装備』という制度ができたのだ。

渋々ながらもギルドマスターのカミュが認定制度のことを本部へ報告したところ、すぐにでも実行するようにとの通達が入ったからだ。上層部では既に認定制度のことを検討していたのだ。

制度の内容は、ギルドが設けた基準以上の品質を持つ武器や防具を認定の対象とする。冒険者が認定商品を購入する場合、最大で半額の融資をギルドから受けることができるという制度だ。

融資には一定割合の利息が伴い、返済は討伐達成報酬からの天引きとなる。まずはアヴィーラ伯爵領で試験的に導入し、その後他所へ展開する予定だそうだ。

ちなみにホルガーの槍がその認定第一号となった。もちろん競合店も基準をクリアすれば認定されるので、これだけで胡坐《あぐら》をかくわけにはいかない。制度の隙間を狙って不正を働く輩が出てくる可能性もある。コツコツと信頼を重ねていくことが肝要である。

「これで改善の目途はついたのかなぁ」

宿の部屋で寛いでいる幸助。ずずっとお茶を啜る。窓からは心地良い秋の風が吹き込んでくる。

認定制度が始まり一ヶ月。ちらほらとホルガーの槍は売れ始めた。

購入者からの評判は上々だ。長期的な結果が待たれるところではあるが、今のところホルガーの武器を手にした冒険者は口々に魔物を仕留めやすくなったと言っている。

もともと買い替えのサイクルが長い商品だ。爆発的に売れることはない。しかしホルガーの魂に火をつけるには十分なきっかけだった。今度は初心者向けの剣を作ると息巻いている。

「ふわぁ、眠いなぁ」

緊張続きの仕事がひと段落し、ダラダラする幸助。ぐっと大きく伸びをしたところでドアをノックする音に気づく。

「誰だろ？」

幸助の部屋を訪れるのは宿のスタッフかランディくらいである。今回もそのどちらかと思いドアを開ける。しかし予想に反し、ドアの向こうにいたのは一人の騎士だった。

（騎士⁉　何でここに）

騎士はこの街での警察の役割も司っている。以前に不正を働いた小麦屋の前でも見かけたことを思い出す幸助。

（法に触れることでもしちゃったか？）

運転中にサイレンの音を聞くと運転手はドキッとする。税務署から電話がかかってくると経営者はドキッとする。何も悪いことはしてないのに。そのような心境が幸助を襲う。

「あなたがコースケさんで間違いありませんか？」

「はい、そうですが……」

名前を確認すると騎士は幸助に丁寧なお辞儀をする。

「私はアヴィーラ伯爵領騎士団のマルコと申します。領主様のご息女アンナ様より手紙を預かっておりますのでお届けに参りました」

そう言うと騎士は一枚の封筒を取り出し、幸助へ手渡す。

「ぼ、僕にですか？」

「はい、間違いありません。あなたにです。では私はこれにて失礼いたします」

手紙だけ渡すと騎士はすぐに帰ってしまった。

状況が飲み込めず、封筒を手にしたまま立ち尽くす幸助。窓の外から吹き込んだ風が頬を撫でると幸助は我に返る。

ドアを閉めベッドへ腰かける。

「領主令嬢って……何の用だろ」

封筒をよく見ると、領主の紋章で封蝋《ふうろう》が施されている。本当に領主家からの手紙で間違いないようだ。この世界に来て約一年。封蝋の持つ意味は幸助も知っていた。

開封し中の手紙を取り出す。柑橘《かんきつ》系の香りがふわっと漂う。

「ん？　領主の館での昼食会に招待？　益々わけが分からないぞ」

◇

「お父様、どうされたのですか？」

時はアンナが幸助へ手紙を差し出す少し前に遡る。

ここは街の北にある領主の館。領主の娘であるアンナは、父親であるアルフレッド・アヴィーラ伯爵の執務室を訪れている。アルフレッドはこの地を代々治める伯爵家の一人息子として生まれた。高齢を理由に引退した父親に代わり、数年前から領主としてこの地を治めている。

机の上には書類が山のように積まれている。毎日激務なのであろう、顔は少しやつれて見える。

「冒険者ギルドから報告が上がってきてね。その中にちょっと気になる名前が見つかったんだ」

「あら、どなたのお名前でしょうか？」

小首をかしげるアンナ。

「コースケという名前なんだけど。この辺りでは珍しい名前だよね。聞いたことはある？」

「コースケさん！　今度はどのようなことをなさったのですか？」

「やはり知っていたのか。市井のことはやはりアンナが一番詳しいな」

アルフレッドは報告書に書かれていたことを説明する。そこには、幸助がホルガーの店で初心者向けの槍を提案したことからギルドの認定制度が始まったこと。そして暫定情報ではあるが初心者の事故が減ったことなどが事細かに記載されていた。


「まあ、コースケさんったら」

目を丸くし、開いた口を隠すように手で覆うアンナ。不思議そうな顔をしているアルフレッドを横目にアンナは続ける。

「私の胃袋を鷲掴みにするだけではなく……いいえ、市民の食生活を豊かにするだけでなく冒険者の

命まで救ってくださるとは」

「胃袋？　何のことだい？」

「私たちの食卓に出るかるぼなあら、そして上質なオリーブオイル。コースケさんがいたからこそ食べられるのです」

「そうだったんだ」

そう。屋敷のコックは試行錯誤の末、カルボナーラを完成させたのだ。そして上質なオリーブオイルは多くの料理に活用されている。

「しかも、それらを販売しているお店の経営改善まで成し遂げているのです」

「うん？　それは興味深い話だね」

アルフレッドの反応に、アンナの眼が鋭く光る。

以前よりアンナは幸助の手腕を気に留めていた。そして可能ならば領地が抱える問題を相談したいとさえ思っていたのだ。

「お父様もそう思われます？」

「ああ」

「ではコースケさんを食事会に招待してもよろしいですか？　問題の解決手法など、いろいろお話を伺いたいです」

「彼をどこまで信じるかはさておき、話を聞いてみるのは良いと思うな」

「では早速コースケさんに手紙を認《したた》めますわ」

◇

「すごいとこに来ちゃったなぁ」

幸助は今、迎えの馬車に揺られ領主の館に到着したところだ。

住居だけでなく市役所の役割も担っている建物は石造りの四階建てである。その姿は壮観の一言に尽きる。

「お待ちしておりました、コースケ様。どうぞ、こちらへお越しください」

迎えに出たメイドに続き、石の階段を十段ほど上り屋敷へ入る。

最初に幸助を迎えたのは直径二十メートルはあろうかという円形のエントランスホールだ。彫刻の施された力強い柱。品の良い調度品。その空気に圧倒される幸助。

厚みのある絨毯《じゅうたん》が敷かれた廊下を進むと、とある一室に通された。

「どうぞ。おかけください」

「あ、ありがとうございます」

緊張で動きがぎこちない幸助。椅子に腰かけると小さなため息をつく。

(やばい、緊張してきた。初めてクライアントの社長に会った時みたいだよ。いや、呼ばれた理由が分からないからもっと緊張してるかも)

大きく深呼吸をしているとドアが開かれる。

仕立ての良い服を着た男女が入って来た。アンナとアルフレッドだ。

反射的に立ち上がり名刺入れを取り出そうとする幸助。ポケットに手を伸ばしたところで、ここは異世界だと気づく。

「コースケさん。本日はわざわざお越しいただきありがとうございます。私が手紙の差出人、アンナです」

「松田幸助と申します」

「私はアルフレッド・アヴィーラ。アンナの父です」

「りょ、領主様⁉」

「畏まらなくていいよ。私は今日はおまけだから」

「は、はい」

手紙の差出人はアンナであった。まさか領主も来るとは思わなかった幸助。心拍数は絶賛上昇中である。

自己紹介が済むとそれぞれが席に腰かける。

「お飲み物はいかが致しましょう。本日のお料理に合わせたワインも御座います」

メイドがタイミングよく幸助へ声をかける。ちなみにアンナの執事セバスチャンは壁際で待機中だ。

「じゃあ、そのワインをお願いします」

飲み物がそれぞれの前へ運ばれると食事会は始まる。

「まずはコースケさんに感謝を」

「えぇっとですね……。僕、何かしましたか？」

領主令嬢に感謝される覚えのない幸助。頭上には、はてなマークが浮かんでいる。

「何を仰るんですの」

そう言うとアンナは頬に手を添え恍惚とした表情を浮かべながら続ける。

「オリーブオイルにかるぼなあら、私の……いえ、市民の食生活を豊かにしてくださいました。それだけでなく冒険者の問題も解決してくださって」

ここでようやく今までの活動が領主の館まで届いていたことに気づく。

アロルドの店にアンナが来たことは聞いていた。しかし、自分のことまで伝わっているとは微塵も思っていなかった幸助。

「いや、あれはほとんど店主たちの腕によるもので、僕はほんの少しだけ手伝っただけですよ」

「まあ、謙虚な方ですわね。それでも感謝致しますわ」

「あ、ありがとうございます」

呼ばれた理由が分かり、緊張も少しずつほぐれて来た幸助は料理に舌鼓を打つ。前菜、そしてトマトのスープ。どれも極上の味わいだ。

次のメインディッシュが運ばれると幸助は目を見開く。

魚と貝が皿に散りばめられた、アクアパッツァのような料理が出されたのだ。海から少し離れているこの街には、塩漬けか干物しかないはずだ。幸助の反応を見たアンナが笑顔を浮かべながら口を開く。

「氷の魔法が使える方に運んでもらいましたの」

普段はなかなかできませんが特別なお客様が見える時はこうしていますの、とアンナは続ける。

「へぇ、そうなんですね」

その後、領主の館流カルボナーラとデザートが続き、食事は終了した。食後のお茶を飲みながらアンナは幸助に一番聞きたかったことを聞く。

「ところでコースケさん。変な質問をしてもいいですか?」

「はい」

「仮に大きな商会があったとして、それを魅力のある商会にするには何が必要だと思われますか?」

本当は商会ではなく領地なのだが、そこはぼかしている。

抽象的な質問にうーんと考え込む幸助。

「そうですね……。働いてる一人ひとりが、その仕事に誇りを持てるようにすることじゃないでしょうか」

発言してから社畜増殖を助長しかねないと気づいた幸助。生活に困らない収入と仕事以外の時間があることは大前提ですけどね、と続ける。

「仕事に対する誇り……とおっしゃいますと?」

誇りを感じる部分は人それぞれなので喩えるのが難しい。幸助は少し頭の中を整理してから口を開く。

「この仕事はこれだけ人の役に立ってるんだという自負です。お客さんに対してはもちろん、商会のトップや上司、街や国のためになっているということも誇りにつながります」

もちろん周りから評価されることも誇りにつながります、と幸助は続ける。自負だけで長続きさせるのは大変だ。

「なるほど……。ではもう一つ、仕事以外の時間は何故必要なのでしょうか？　誇りを持てる仕事があればそれで十分な気がします」

「商会という閉鎖的な空間だけにいると、そこだけの『当たり前』に支配され思考が固まってしまいかねないんです。外で遊んだり違う経験を積むことで発想力や感性が豊かになります。ひいては、それがまた仕事に活かされることになるんです」

「大変参考になりました。ありがとうございます」


こうしてドキドキの昼食会はお開きとなった。

「また別な機会にお話をさせていただいてもよろしいでしょうか？」

「僕でよろしければいつでも」

「ありがとうございます。ではごきげんよう」

馬車に乗り込む幸助を見送る親子。

「お父様、やはりコースケさんの力を借りてみてはいかがでしょう」

「そうだね。素性など気になるとこはあったけど、有能なことは間違いなさそうだね」

領地の抱える問題。

それはアルフレッドが領地を継いでから、有能な人材の流出が続いていることだ。優柔不断なアルフレッドの方針を嫌い、先代はよかったのにと言い残し去っていく人が後を絶たない。

先日も騎士団でそれが露呈した。支出を限りなく削減すれば評価されると思い込んだ新任の購買担当者が、調達する武器の質を落としていたのだ。実際支出は削減された。しかしそれにより低品質の武器を支給された騎士の士気は落ちた。中には別の領地へ出て行ってしまう者もいた。見かねた騎士団長が領主に直訴したことでようやく把握できたのだ。

騎士団だけでもこの有様である。アルフレッドの仕事は日ごとに増え、状況は悪化するばかりであった。

そこへ突然現れたのが幸助である。

懸念事項の一つでもあった冒険者の事故について、解決の兆しが見えてきたのだ。幸助の手腕に淡い期待を寄せるのは無理もない。

幸助は今後、この領地とどのように関わっていくのか。

改善はまだまだ続く。

◇

ギィ。

ある日の午後『アロルドのパスタ亭』に一人の客が訪れる。時刻はランチタイム終了直前。店内に客はいない。サラはせっせと後片づけをしている。

「いらっしゃいませ。あっ、コースケさん！」

「サラ、まだランチ大丈夫かな？」

「もちろん！　私たちもこれから食べるとこだよ。一緒に食べよ！」

幸助の返事を聞くとサラは一度外に出て、店名のプレートを裏返し営業時間外の表示をする。

「コースケさんも賄《まかな》いでいいかな？　ワンプレートランチみたいになるよ」

「うん。ちょうどそれが食べたかったとこだよ。よろしくね」

はーいと言い残しサラはパタパタと厨房へ行く。厨房のアロルドは何かを用意しているようだ。

幸助はいつもの席に座ると、この街に来てからのことを回想する。

（この街に来てから、いや、この店に来てから本当にいろんなことがあったよなぁ。こんなに多くの人と関わることができるなんて、想像もできなかったよ。しかも領主にまで会えちゃったし。どんな出世物語だよ。でも、気を引き締めないとな。経営に関わるんだから責任も重大だし、かばってくれる上司もいない……）

「お待たせ。コースケさん」

サラの声で回想から戻る幸助。横にはアロルドもいた。テーブルには三人分のワンプレートランチが置かれている。アロルド自慢のトマトバジルパスタにサラダ、オニオンスープ。そしていつもより大きめのハンバーグ。

「ラッキー。ちょっとハンバーグが大きいですね」

「おう。中途半端に余っちまったからな」

「夜に使えばよかったんじゃないですか？」

「細けえことは気にするな」

「は、はい。ではいただきます」

全員が腰かけると、幸助はフォークを手に取る。早速、綺麗な焼け目のついたハンバーグへ手を伸ばした幸助だが、一瞬迷ったのちサラダへとターゲットを変える。サラダから食べた方が太りにくいと聞いたことがあるからだ。効果は今のところ出ていない。そもそも運動量の割に食べ過ぎなのである。

「お前はこれからどうするつもりだ？」

愛娘であるサラを幸助の側につけ、人生経験を豊かにさせようと決めたアロルド。ホルガーの店の仕事は落ち着いている。今後が気になるのは父として当然のことである。フォークを伸ばす手を止め幸助は答える。

「そうですね……。先日アンナさんに領主の館での食事会に招待してもらったんです。それで何故だか領主様にも気に入っていただいて、気づいたら領地のこともほんの少しだけ手伝うことになってました。だから、しばらくはこの街を拠点に仕事する予定です」

領主は多忙である。基本的にはアンナと取り組むことになるのだが、領地のことには違いない。ちなみに具体的に何に取り組むかまでは知らされていない。幸助の言葉を聞き、呆然とするアロルドと笑顔が咲くサラ。親子で反応が正反対である。

「もう領主様にも認められていたのか。お前って奴は、本当に大物になりそうだな。いや、既に大物か？」

「すごいよ！　コースケさん！」

いえいえと謙遜しながら後頭部を掻く幸助。全てはここから始まっている。二人への感謝は尽きない。

「全てのきっかけはアロルドさんとサラが僕のことを受け入れてくれたからですよ。本当に感謝してます」

「そうか。そう言ってもらえると助かる」

「私もだよ。ありがとう、コースケさん！」

ここで幸助はフォークをハンバーグへ向ける。会話で手が止まっていたため、ハンバーグは提供された時と同じ形のままだ。

「さて、せっかくの料理が冷めないうちに食べましょ」

「待て、まだ聞きたいことが山ほどあるぞ！」

「では続きは食べながらということで」

「お父さん、料理は温かいうちがおいしいんでしょ」

「ぐぬう」

和やかな時間はしばらく続く。

かいぜん!

用語集 第3章

ターゲティング【たーげてぃんぐ】

「誰」を商売の対象とするかを決めること。たとえば「二十代女性」や「団塊の世代」「マラソンが趣味の人」などである。

ここを明確に設定しないと、商品の仕様や品ぞろえがぶれてしまう。さらに「誰」が明確であれば同じ商品を売るにしても、宣伝文句が変わってくる。

ホルガーの店は騎士団が商売の対象であったが、これを低ランク冒険者へ切り替えた。しかし、低ランク冒険者をターゲットにしている競合店は既に存在する。そこで、鍛造による高品質というポジショニングを取る。

買いやすさの工夫【かいやすさ・の・くふう】

購入へのハードルを下げると言い換えることもできる。第1章でも取り上げたが、商品を欲しいと思ってもらえたら次に来るハードルは「買えるかどうか。金銭的に」である。

特に高額品の場合、ハードルは高くなる。その金銭面の解決策として日本ではローンやリボ払いなどの支払い方法が用意されている。

ただしホルガーの武器屋はそのような金融商品のない世界に存在する。そこでギルド認定品という制度を実現するため、幸助は奔走した。

本章では触れなかったが、金銭面のハードルと同様に心理面のハードルもある。たとえば、米5kgが2000円なら納得だが、買ったことのない2000円のオリーブオイルは悩む人が多いはず。そこで第2章130ページで記載した思考が行なわれ、買うことを正当化するのである。

冒険者ギルド認定【ぼうけんしゃ・ぎるど・にんてい】

公的機関に認定されることで箔がつく、信頼性が上がるなどの効果が期待できる。

箔をつける類似例として次のようなものがある。
・トクホ（特定保健用食品）商品。
・皇室御用達。
・全米が泣いた。
・購入者の98%が満足と評価。
などなど。

市場調査【しじょう・ちょうさ】

自社が販売する商品について、競合や価格、販路、ニーズなどを調べること。幸助は冒険者ギルドでのインタビュー、競合店視察、ランディ達へのインタビューを行った。

視　察【し・さつ】

同業者の店舗に陳列されている商品の種類や価格を調べることは立派な視察である。しかし、ただ見るだけで分かるのは商品や設備などのハード面だけである。

商売には商品と同様に大切な接客などのソフト面がある。

ソフト面は、実際に客として体験しない限り見えてこないことも多い。可能であれば「一人の客」としてその店で購入体験することも大切である。

番外編 スーパーマーケット編

KAIZEN!

consultant's
log of struggles
in
another world

ガタンゴトン、ガタンゴトン。

ここは都内某所。線路は近いが駅からはそこそこ離れている場所。

残暑の不快さが幾分か和らいだ深夜。ちょうど終電が多くの酔客を乗せ走り去ったとこだ。

オフィスビルが林立するこの界隈は静けさに包まれている。昼間に溢れんばかりに行き交うビジネスパーソンも、今はほとんど見かけない。コンビニの明かりが、乾いた路面を静かに照らすだけである。

そんなコンビニの数軒隣にある雑居ビル。ここにもコンビニ同様、煌々《こうこう》と明かりが灯されたオフィスがある。

これはこのオフィスに勤める若手コンサルタントの小さな物語である。


「あーあ、終電行っちゃったよ……」


そうつぶやきながら松田幸助はマグカップに残ったコーヒーを流し込む。完全に冷え切ったコーヒーだ。もう何杯目かも分からない。

ふぅ、とため息をつくとネクタイを緩め、再びキーボードを打ち始める。

パソコンのモニタ上に映し出されているのはパワーポイントだ。幸助はクライアントである小売店の改善計画書を作成している。

明日、いや本日の会議で俎上《そじょう》に載せられるのだ。だから午前十時までには仕上げなければならない。

だが、すぐにキーボードを打つ手が止まってしまう。なかなかアイディアが浮かばないのだ。無理もない。幸助はまだ入社一年足らずなのだから。

(やっぱり勇み足だったのかなぁ)

幸助の立場はプロジェクトリーダーだ。

今までは先輩社員の手伝いや雑用ばかりを淡々とこなしていた。しかし入社一年が経過したある日、そろそろ担当を受け持ってみないかと上司から提案されたのだ。

案件は会社での改善実績の多い小売店、スーパーマーケットだ。

今まで見てきたことや勉強したことが活かせる。そう思った幸助は喜び勇んでその提案を請けた。

もちろんサポート役の先輩はついている。クライアントに素人同然の人間だけをつけることは、会社としてもできない。先週ヒアリングのために小売店の本社を訪れた時も一緒であった。

だが今取り組んでいるのは社内会議用の資料だ。これは幸助自身が作成せねばならない。入社してから初めて訪れる試練に、必死になっている。

(周辺に大手の安売り店が出店してから業績がすごい勢いで悪くなったんだよなぁ。それでその安売りに追従して価格を下げたら客足は戻らず利益率だけが下がる。小さな会社だから価格競争はもう限界で、頼み綱のチラシは効果無し……か。このチラシを見る限り、ただ商品と価格を並べただけだもんな。チラシはスーパー集客の定番だし、どんなチラシに改善すれば客を呼び戻せるんだろう)

ガチャ。

オフィスの扉が開き、幸助は思考の世界から戻る。入って来たのは一人の女性だ。幸助のサポート役である桐谷弥生《きりたにやよい》である。

白いフリルのついたブラウスにグレーのジャケットという、働く女子の出で立ちだ。手にはコンビニ袋を提げている。

「幸助君。進捗はどう？」

幸助は黙って首を横に振る。先ほどからずっと書いては消してを繰り返している。全然前に進んでいない。

「こんな時間まで残業しないといけないのは、効率が悪い証だぞ」

「そんなこと言ったって……。そういう桐谷さんこそ残業してるじゃないですか」

「そりゃ確かにそうだ。クライアントのこと考えると、あれもこれもしてあげたくなっちゃうんだよね」

あははと笑いながら桐谷は幸助の正面にある自分のデスクに着く。

桐谷が担当しているのは子供服のチェーン店と宝石屋だ。こういった店の改善は、どうしても紅一点の桐谷に集中しがちである。それに加え、若手である幸助のサポートもしなければならない。

社内で一、二を争う多忙具合だ。

「はいっ、幸助君」

そう言うと桐谷はコンビニ袋からおにぎりを取り出し、幸助へ投げる。

「おっと」

両手でしっかりと受け取ると、幸助はラベルを確認する。ツナマヨだ。大好物である。

「さすが幸助君。いい反射神経だ」

「ありがとうございます。もうお腹ペコペコでしたから助かります」

早速幸助は手にしたおにぎりのフィルムをはがすと、かぶりつく。夕食を食べてから六時間以上経過している。腹ペコだった幸助は一瞬で食べつくしてしまう。

最後にフィルム内に破れて残った海苔をつまんで口へ放り込むと、幸助は桐谷へ質問をする。

「桐谷さん、スーパーの集客ってどうやったらいいんですか?」

「そりゃチラシでしょ」

手元をごそごそ動かしながらも、間髪《かんはつ》入れず答える桐谷。

折り込みチラシは地域に住む新聞購読者に対して万遍なく情報発信ができるため、様々な業種で活用されている。その中でもスーパーはチラシへの依存度が高い。

幸助が担当するクライアントも例に漏れず、週に三回チラシを折り込んでいる。同じ新聞には何店舗もの他のスーパーのチラシも入っており、比較され勝ち残らなければ来店にはつながらない。

「それは分かってますよ。悩んでるのはその中身です……」

桐谷は幸助の質問には答えずスプーンを手にすると、手元にある何かをすくい、パクリと口に入れる。

「うーん。新作のモンブランおいしいー。やっぱり脳みそに汗かいた時はスイーツに限る！」

口に合ったようだ。目を細め、幸せそうな表情をしている。

黙って桐谷の手が止まるのを待つ幸助。カップの中が半分くらい無くなると、桐谷が幸助へ視線を送る。

「で、何の話だったっけ？」

「……チラシの中身です」

「中身？　そんなの店の売りに決まってるじゃん」

「それも分かってます。ただ……」

「なーにうじうじ悩んでるの。計画書、見せてごらん」

桐谷は席を立ち幸助の横へ来ると、モニタを覗き込む。ふわっと柔らかな香りが幸助の鼻をくすぐる。

「はい。これです」

幸助からマウスを受け取ると桐谷は計画書を一ページ目から流し読みする。

入社は幸助より五年早い。知識も経験も桁違いである。計画書の粗が手に取るように分かる。最後のページまで読み終えると、苦笑しながら口を開く。

「こりゃダメだね。手遅れだよ」

「えぇ、どうしてですか？」

「だって、チラシをどうするってことばかりだもん」

「えっ、そこですか。チラシの内容さえ何とかなったら、いい出来だと思ったんですが……」

幸助が考えた内容は、チラシに重点を置いている。

主な内容は撒くエリアの見直し、チラシそのものの内容を刷新、そしてチラシ掲載価格を決めるための競合店価格調査である。

様々な情報をかき集め、丸三日かけて到達した着地点だ。桐谷のストレートな言葉に肩を落とす。

「それにこれ、ビジネス書の丸パクリでしょ」

そう言うと桐谷はモニタに表示されているキャッチコピーを指差す。そこには客の興味を煽り来店を促す刺激的な言葉が躍っていた。

「あ、バレました?」

「そりゃあもう。だってこのキャッチコピー、一時期流行ったからね」

デスクの上には山のように本が積まれている。どれも所謂《いわゆる》ビジネス書カテゴリの本ばかりだ。

もちろん自腹で購入したものである。

幸助はその中の一冊に目を向ける。本そのものが刺激的なタイトルだ。

「お客さんが来たくなりそうなキャッチコピーだと思ったんですが……」

「最初は来るかもしれないね。でもチラシと実際の店が乖離《かいり》してたらお客さんはすぐに来なくなっちゃうよ。しかもそのキャッチコピー、流行ったのには時代背景もあるんだから」

「時代背景……ですか?」

「そう。時代背景。ちょうどその業界は悪質業者が一斉に摘発されて社会的問題になっててね。だから消費者の興味も自然と安全性に向いてたの」

その時代だからこそ反応が高くなるキャッチコピーがある。初めて耳にする事実に、なるほどなと幸助は唸る。

「チラシってのはお客さんに自店の特徴を示しつつ『お店に来て』って伝えるツールだよ」

「それは分かります」

「期待してお店に行ったのに、そのお店に魅力的なところがなかったらどう思う？」

「次からは行きませんね」

「そういうこと。だからチラシよりも先にやることがあるってことだよ」

幸いクライアントは売上の減少は続いているものの、資金繰りには少しだけ余裕がある。

これが資金カツカツの場合、まずは金策に走らなければならないところであった。そのような状況下では、経営改善は困難を極める。

「分かりました。それで、具体的にはどんなことをしたらいいんでしょう？」

「だからもう手遅れだって。朝十時までには間に合わないよ」

「そうですけど……」

「まずは今の計画書を完成させてみて。作り上げるのも経験だし、会議で絞られるのも経験だよ。うふふっ」

「そんなぁ、他人事みたいな……」

幸助が作成した改善案がそのまま会議を通過することは、まず無いであろう。だがこれがこの会社に勤めた新人が必ず通る道である。

自分で考え問題点を指摘され、納得したうえでアドバイスをもらいながら修正していく。それが教育の一環でもあるのだ。

「僕の心にひびが入って立ち直れなくなったら桐谷さんのせいですからね」

「はいはい。悪者にでも何でもしてくれていいからさ。会議、頑張ろうね」

◇

その日の正午。

会議を終えた幸助は、自分のデスクに突っ伏す。

「あー、疲れたーー」

会議は予定の時刻に終了した。

参加人数は幸助を含めて五人。従業員二十数名の小さなコンサルティング会社だ。会社の礎《いしずえ》を築いた社長も参加するのが定例となっている。

社長自身、敏腕コンサルタントとして著書を何冊も執筆している。今回のクライアントも、その著書を読んだ経営者がホームページから問い合わせてくれたのが取引のきっかけであった。

会議が始まると、まずは桐谷がクライアントの現状を報告。その次に、幸助は徹夜で考えた改善案を緊張に包まれつつも発表。

内容は昨夜のまま、チラシをどうするかということに重点を置いているものだ。

発表後、意見を言い合うディスカッションタイムとなる。

徹底的に計画内容がたたかれると幸助は覚悟していたのだが、意外なことに否定する者は誰一人いなかった。その替わりに「ああしたら」とか「この方が店のためになる」といった建設的な意見が次々と出てきたのだ。

幸助はその言葉を漏らさずノートに取る。初めて会議に参加した幸助にとって内容が濃く、収穫の多い二時間となったのだ。


「幸助君、お疲れ様」

デスクに突っ伏した幸助は、背後から声をかけられると慌てて顔を上げる。そこには先ほどまで一緒に会議をしていた桐谷の姿があった。

自分のことに精いっぱいで今まで気づかなかったが、桐谷の服装が変わっていることに気づく。不精髭姿の幸助とは対照的だ。

「桐谷さん。会議ではありがとうございました」

「うん。よく頑張ったよ。この三日間」

「桐谷さんが脅《おど》すからどれだけ絞られるかと覚悟してたんですが……」

「あれがいつもの雰囲気だよ。否定ばかりしても良いアイディアは出てこないからね」

桐谷に脅され、戦々恐々と臨んだ会議。それが徒労だったと知った幸助は、どっと疲労感が込み上げてくるのを感じる。

「なら最初からそう言ってくれても……」

「まあそれはその……通過儀礼みたいなものかな」

「そんなぁ」

力が抜け、またしてもデスクに突っ伏す幸助。その姿に桐谷は慌てて取り繕《つくろ》う。

「そうだ。幸助君、お昼の予定はある？」

突然の話題転換に、幸助は間の抜けた表情を浮かべる。

「特に決めてないですけど」

「ならプチ打ち上げしよっ！」

「プチ打ち上げ……ですか？」

「ほら、前に言ってたでしょ。幸助君の友達が開いたパスタ屋さん。そこに行こうよ。頑張ったんだし奢《おご》ってあげるよ」

奢りという言葉に幸助は反応する。

勤務時間は長いが給料は安く、生活はカツカツなのだ。かといって自炊する能力も時間もない。幸助の体の半分はファストフードでできていると言っても過言ではない。ちなみに残り半分近くはコンビニ飯だ。

「ほんとですか!?」

「そんなことで嘘言っても仕方ないでしょ。それで、そこは何がおいしいの？」

「僕はオーソドックスにトマトソースが好きです。漢方も入ってて体に良さそうですし」

「へぇ、心躍るね！」

◇

人混みの中を歩くこと十分弱。幸助と桐谷は目的の店へ到着した。

店頭に設置されたイタリア国旗カラーの立て看板には、メニュー表が貼られている。

ドアを開け、二人は店内に入る。

既に席はあらかた埋まっているようだ。といっても小さな店である。カウンター席のみでテーブルは無い。

「いらっしゃいませ！　おー、幸助か。久しぶり！」

「久しぶり、かっちゃん。二人だけどいい？」

「一番奥が空いてるぞ」

「了解」

短く言葉を交わすと幸助と桐谷は店の奥まで行き、席に着く。

幸助が「かっちゃん」と呼んだ相手は、牧家勝也《まきいえかつや》だ。幸助とは高校時代の同級生である。「いつかは自分の店を持つ」が口癖だった勝也は高校卒業後、進学せずに料理店で経験と資金を貯める。

そしてつい最近、この若さで狭いながらも自分の店を持つに至ったのだ。今のところ経営はトントンのようである。

「へぇ、オシャレな店ね」

「居抜きなんですけど、だいぶ彼自身で手を入れたみたいですよ」

「そうなんだ。で、幸助君は何を食べるの？　やっぱりトマトソース？」

桐谷はカウンターに置かれたメニューを手にしながら幸助へ聞く。

「いや、やっぱり僕はボンゴレビアンコにします」

「えっ、そうなの？」

「桐谷さんは？」

「うーん、トマトソースも捨てがたいけど……」

幅広いメニューに桐谷は真剣に悩んでいる様子である。オーソドックスなものから梅を使った和風までメニューは幅広い。イタリア国旗を掲げているにもかかわらず。

「何でもおいしいと思いますよ」

「そうだね……。うん、決めた。カルボナーラにしよっと」

ちょうど桐谷のメニューが決まったところで、勝也がグラスに入った水を持って来る。カウンター越しにそれを受け取ると、幸助は二人分の注文をする。

「はいよ。ボンゴレビアンコとカルボナーラね」

注文だけ取ると、勝也はすぐにパスタを投入するため鍋の前へ戻る。

カウンターだけの小さな店なので、ホールスタッフはおらず、勝也一人で店を回している。友人だからといって、ランチタイムに言葉を交わす余裕は無い。

忙しそうな友人の背中を見送りつつ、幸助は水を一気に流し込む。会議以来乾きっぱなしだった喉を冷たい水が潤す。ほんのり柑橘《かんきつ》系の風味がする水だ。

ようやく一息つけた幸助は、今後について桐谷に聞く。

「桐谷さん」

「うん？　何？」

「会議でかなりたくさん意見が出ましたけど、どうやって計画に落とし込んだらいいんでしょう」

「そうだねぇ……」

つい先ほどの会議では、社長を始めとした参加者から多くの意見が出た。

すぐできそうなことから店舗改装などコストのかかりそうなことまで、その内容は多岐に渡る。

一つひとつは確かに理にかなったものばかりである。しかし幸助はその大量の情報をどのように整理、取捨選択してよいか分からなかったのだ。

「今回のクライアントはスーパーの中でも小規模な会社でしょ」

「そうですね、三店舗ですから」

「だから会議でもさんざん出た通り、競合店に対して価格で勝負するのは無理なんだよね」

競合店は、数百店舗を全国に展開するスーパーだ。他にも地元で数十店舗を展開する中堅企業もある。

店舗数が多いということは購買力があるので仕入価格が全然違う。たった三店舗しか展開していない企業が価格で勝負するのは、土台無理な話だ。

「はい。それはよく理解しました」

「でも、価格って大事なんだよ」

価格競争はできないけど価格は大事。徹夜で疲れた幸助の頭では理解が追い付かない。

「何だか難しい話ですね……」

「食品は毎日の生活に密接に関わるからね。消費者も敏感なんだ」

「てことは、どうしたらいいんでしょう?」

「どうしたらいいと思う?」

質問に質問で返す桐谷。

悩み込む幸助。会議ノートを持ってこなかったことを悔やむ。

「全然分かりません……」

「えっとね、全ての商品を安くする必要はないの。ということは?」

「……あ、そうか! 会議で利益ミックスって言葉が出てましたね」

「そうそう、正解! 価格にメリハリをつけるの。安くて魅力的な商品と、しっかり利益を稼げる商品をね」

改善計画の中心はこれで決まりだ。幸助はそう考えた。しかし、ここではたと疑問が湧き上がる。

利益が高い商品というのは、販売するために工夫が必要な商品が多いように感じている。ただ店頭に並べて値札をつけるだけでは売れないような気がする幸助。その疑問を桐谷へぶつける。

「利益ミックスをするとして、安くするのは簡単ですが、しっかり利益を稼ぐ部分はどうやったらいいんでしょう？」

「うーん、全部言っちゃうと幸助君のためにならないから、一度考えてみてよ。まだ時間もあるしさ。たたき台を作ったら、そこから先は一緒に考えてあげるから」

「そうですか……。頑張ってみます」

「うん。頑張って」

答えは簡単に得られないようだ。徹夜明けの頭でこれ以上悩むのは止めよう。そう思い幸助が厨房を覗くと、ちょうどアサリがフライパンで踊っているところであった。その様子をぼうっと観察する。

勝也はフライパンにパスタを投入し、サッと炒めると皿へ盛り付ける。同時進行で作られていたカルボナーラも、同様に皿へ盛り付けられた。良い手際である。

手早く仕上げを済ませると、勝也は皿を両手にやって来る。

「はい、お待たせしました！　こちらの方はカルボナーラと……幸助はボンゴレね。ではごゆっくり！」

カウンター越しに置かれた皿からは、ホカホカと上がる湯気とともに海鮮の香りが漂って来る。

久しぶりのパスタに幸助はゴクリと喉を鳴らす。

隣を見ると、桐谷のカルボナーラも負けていない。黄色がかったソースはいかにも濃厚そうである。

「おいしそうだね、幸助君」

「はい。おいしいですよ。ここのパスタは」

桐谷は「いただきます」と言うと、フォークを手に取り食べ始める。

「んーー、濃厚」

一口食べた桐谷は、頬に手を当て恍惚とした表情を浮かべる。口に合ったようである。

その様子を横目に幸助もパスタをフォークへ巻き、口へ放り込む。

「うん。やっぱり美味い」

「おいしいねー」

それからは桐谷の他愛もない話に幸助が相槌を打ちつつ、あっという間に時間は経過。ランチタイムは終了となった。

オフィスに戻ると幸助は眠気と戦いつつも改善計画書の作成に取り掛かる。

タイムリミットまであと十日である。

◇

「桐谷さん、どうでしょう……？」

幸助の改善計画が会議で採まれて数日後。桐谷の横には、緊張の面持ちで立っている幸助の姿があった。仕上がった計画書を見てもらっている所である。

桐谷は印刷された計画書を最終ページまでめくると口を開く。

「うん。かなりいい線行ってるね。さすが幸助君だ」

「ほんとですか⁉」

幸助の考えた計画はこうだ。

まずは安くて魅力的な商品について。

これは悩むことなく魚に決めることができた。ここだけは自信があると社長が自負していたからだ。

何でも、漁協を通さずに獲れたての海の幸が入荷する独自のルートがあるそうだ。実家が魚屋の幸助の眼から見ても魅力的な商品が多く売り場に並んでいた。余計なコストがかかっていない分、価格競争力もある。その反面、入荷は天候に左右されやすいなどのデメリットもある。

価格競争力があり、商品そのものに魅力もある。しかし問題は、その魅力が店頭に打ち出されていないことである。

陳列やチラシを駆使し、その魅力を客へアピールする計画だ。

次に利益を稼ぎ出す商品について。

いくつか重点的に売り込む商品を決め、エンドへ大量陳列をする。エンドとは陳列棚の端の部分で、商品がよく売れる場所でもある。

それに加え、お勧め理由などを事細かに書いたＰＯＰを掲示。購入意欲を促進するという内容だ。

魚で集客し、重点売り込み商品を中心に利益を稼ぎ出す。

これにより現在の売上を維持しつつ、十八パーセントまで落ちた店の利益率を二十三パーセントまで上げる。これが数値的目標だ。

会社の人件費や光熱水道費などの経費は、全て利益の中から賄われる。

売上だけを追い求めて安売りし、結果的に売上が増えても利益額が増えなかったら何の意味もない。だから幸助の勤める会社では、売上よりも利益額を重視する傾向にある。

クライアントの年商がおよそ二十億円なので、改善が成功すれば一億円利益が増えることになる。

その資金を人や設備へ再投資すれば、更に魅力的な店になることは間違いない。


「ただ……」

「ただ？」

「利益を稼ぎ出す商品はどうやって決めるの？」

「お店の人にお勧め商品を聞いてみる予定ですが、例の『こだわり商品』でいいんじゃないでしょうか」

幸助の言葉に、桐谷は腕を組み渋い顔をする。

こだわり商品とは、原料に極力国産のものを使用し、保存料や添加物を最小限に抑えた商品のシリーズである。最近クライアントが取り扱い始めた商品だ。

「それも悪くはないんだけどね、全く新しい分野の商品を売れるようになるには結構時間がかかるんだ」

「そうなんですか……」

安さが期待されている今回のクライアントのような店で価格が高めの商品を販売するには、パートを含む従業員の教育、商品説明をするための試食販売や細かな説明を記載したＰＯＰの設置など、かなりの労力と工夫が必要になる。

それでもその価値が客へ伝わるスピードは、じわじわとしたものになる。

現場に負担がかかる割にはその対価がすぐに得られない。短期的な実績を期待されるコンサルティングでは、期間内に結果を出すのが難しいのだ。

どうしたらよいか分からず立ったまま黙る幸助。桐谷はオフィスチェアーに座ったままくるっと回ると、幸助を見上げながら口を開く。

「幸助君、ウチの強みを忘れてないかい？」

「強み……ですか？　それは事例の蓄積とＩＴ部隊の存在ですよね」

幸助の勤めるコンサルティング会社には二つの強みがある。

一つは過去の改善事例が大量に蓄積されていることだ。社長が一人で起業した頃からの事例が全て残されている。これは門外不出の宝だ。

そしてもう一つは、ＩＴ部隊を抱えているということである。

経営改善と数値分析は密接につながっている。強みを分析したり実績を計測するためのソフトウェアを自前で用意しているため、スピーディーで柔軟な分析が可能となるのだ。

専門の人員を抱えるのはリスクもあるが、それ以上に得られることの方が大きい。

「そう。それでＩＴ部隊を活用すると何ができる？」

うーんと唸りながら幸助はあれこれ思考を巡らす。分析ができることは分かるが何を分析してよいのか分からない。

見かねた桐谷が助け舟を出す。

「この前の会議でも出てたよ」

「………………」

「一万品目くらい商品がある中で、利益の稼ぎ頭を見つける方法は何だ？」

ほぼ答えというところまでヒントを出してもらうと、幸助はようやく気づく。

「そうか！　ＩＴ部隊に売れ筋……じゃなくて利益の稼ぎ筋の商品を分析してもらったらいいですね」

「正解。そういうこと」

すべきことは理解した。しかし幸助の頭の中はまだ晴れない。

「でも……桐谷さん。それって既に売れてる商品ばかりですよね？　それを売り込んでも店全体の利益は変わらないんじゃないですか？」

「それはね、過去の成功事例が証明してくれてるの。ここは騙されたと思ってやってみて」

「はい。分かりました」

まだ釈然としない部分は残るもののようやく解答にたどりつき、幸助の顔には笑顔が浮かぶ。桐谷も心なしか安堵の表情を浮かべているようだ。部下を育てるのは上司の仕事とはいえ、大変なものである。

最終的に、既に取り扱っている商品から利益の稼ぎ頭数十品目を選択。それらの商品を積極的に売り込むプランに決まった。既に一定の支持を集めている商品は、それだけその地域で必要とされている商品ということだ。だから拡販もしやすい。

そして毎月一度、進捗会議を行う。

ＰＯＰやチラシの内容とその実績を評価しあったり、客の反応を共有。それをまた次月の取り組みへ落とし込む、ブラッシュアップの場だ。

それが延べ六回。およそ半年に渡るプロジェクトだ。

他には店内の清掃徹底、服装規定の厳格化なども含まれる。これはテンプレートのようなものである。ほとんどのクライアントの計画に盛り込まれている。その他にも一人で食事をする客向けの少量パックやセット販売を充実させるなど、細かな改善点は多岐に渡る。

そして数日後の会議にて、無事改善計画が承認されることとなった。

更に数日が経過。

クライアントとの約束の日が到来した。

準備は万端である。

いざ幸助と桐谷は、クライアントへ向かう。

◇

「以上が弊社が考えた御社の改善計画です」

ここはクライアントであるオハヨーストアの本社会議室である。本社といっても店舗の二階にある小さな事務所だ。会議室は六人集まれば満員である。

約三十分に渡り、幸助は改善計画をプレゼンした。計画の目玉は、魚のアピールと稼ぎ頭商品の売り込み強化だ。

オハヨーストア側の参加メンバーは社長及び各店の店長三人である。小さな会社だ。各店長が商品買い付け担当であるバイヤー職も兼任している。

「何か質問はありますか？」

「よろしいですか？」

幸助の問いかけに、三人いる店長のうちの一人が手を上げる。

一口に店長といってもその個性は様々だ。聡明な表情をしたハキハキ店長。面倒くさそうな顔をしているのんびり店長。そして何を考えているか分からない社長の長男である息子店長が揃っている。

口を開いたのはハキハキ店長だ。幸助のプレゼンに都度頷いたり反応を示してくれていた好感触の店長である。

「魚を集客の目玉にするのは私も賛成です。今でもお客さんは『魚ならオハヨーストア』って言ってくれてますからね」

その言葉にホッとする幸助。社内で太鼓判はもらっていたものの、計画が的外れではないかと内心不安であったのだ。ハキハキ店長は更に言葉を続ける。

「それで利益の稼ぎ頭を選ぶとのことですが、そもそも商品ごとの売上や利益のデータは持ってません。どうやって判断すればよいでしょうか？」

幸助は目の前の改善計画を作成するのに精一杯で、スーパーでどのようなシステムが稼働しているかまで勉強できなかった。ＩＴ部門に任せておけばよいと思っていた節もある。

俄かに焦る幸助。そんな様子を察した桐谷が助け船を出す。

「そこはご安心ください。弊社のＩＴ部隊が御社が導入しているレジメーカーと直接やり取りして、データを用意しますので」

（桐谷さん、助かりました！）

今どきのスーパーが使用しているレジならば、必ずデータを抽出することができる。今までオハヨーストアがそのデータを使っていなかっただけだ。売上データの抽出にはそれほど手間はかからないはずである。

「商品ごとに利益を見るっていってもＥＯＳをやってる商品は一部で、あとはＦＡＸ発注だよ？」

次に口を開いたのは息子店長だ。社内のコンピュータ関連の仕事は全て彼が受け持っている。

ＥＯＳというのは電子機器で商品を発注するシステムのことである。インターネットによる通信が主流の今、オハヨーストアは昔ながらのアナログ電話回線を使用したシステムを使っている。

この発言の意図は、システムで発注している商品は仕入価格をすぐにデータ化することができるが、他のＦＡＸ発注している商品は手作業で原価を拾い出さないといけないということだ。原価が分からなければ利益の計算はできない。

「その点も発注書や伝票の原本かコピーをいただきましたら、こちらでデータを入力します」

「そこまでやってもらえるの？」

「ええ、最善の結果がもたらされるよう精いっぱい努力させていただきます」

その後も専門用語が並んだ会話が続き、幸助はついていけなくなってしまう。そのような言葉が交わされること一時間。終了時間が迫った時、今まで一言も発していなかったのんびり店長が初めて発言する。

「ただでさえ多い仕事がまた増えるみたいだけど、人の補充はあるんですか？」

オハヨーストアの店長は、何でも屋といってもいいほど抱えている仕事は多岐に渡る。

朝の品出しから商品発注、仕入先との商談やパートの愚痴聞き……。時にはドタキャンしたアルバイトの代わりにレジに入らなければならない。もちろんクレーム対応は店長の仕事だ。

店長の言葉通り本当に人が不足しているのか、幸助のように効率の悪い仕事をして時間をダラダラ消費しているのか現状では把握できない。

困った桐谷は社長へ視線を送ると、それを察した社長が答える。

「まずは今いるメンバーで行う」

鶏が先か卵が先か。

これはよく直面する問題である。利益を増やしたいが先行投資するための資金がない。だが、投資をしなければ利益は増やしにくい。

借入などで一時的に手元の資金を増やして投資を行うこともできるが、失敗した時のダメージは大きい。

既にオハヨーストアはコンサルタントを雇うという投資をしている。だから社長は、今いるメンバーで行うことを決めたのだ。

「……分かりました」

少し間が空いたものの、返事を返すのんびり店長。納得したのか諦めたのか、それ以上は質問をしてこなかった。

その後、それぞれの役割などを決める。

オハヨーストア側のプロジェクトリーダーは、ハキハキ店長が務めることになった。幸助たちとの連絡窓口や、現場への指示、全体の取りまとめなどはリーダーが担うことになる。

最後に今後のスケジュールを確認すると、その日のミーティングは終了。

幸助にとって初めての改善プロジェクトがいよいよ動き出す。

◇

「はぁ、地味な作業ですね……」

「文句を言う暇があったら指を動かす」

「は、はい」

オハヨーストアでのミーティングから約三週間後。

時刻は深夜二時。

今日も都内某所にある雑居ビルの一室には、煌々と明かりが灯っていた。重たい瞼《まぶた》と格闘しながらパソコンに向かっているのは、幸助と桐谷である。

今、二人はＩＴ部門が回収してきたデータに仕入価格を入力するという作業をしている。この作業をすることで、どの商品が利益の稼ぎ頭か判明するのだ。

日々価格が変動する生鮮食品と、仕入価格をデータで入手できた商品は除かれている。それでも手入力が必要な商品は約四千品目もあった。

なぜ深夜残業をしなければならない事態に陥ってしまったかというと、ＩＴ部門からデータが上がってくるのが遅れたからだ。レジメーカーとの調整に時間がかかったとのことであった。

次回のミーティングは約一週間後。スケジュール的には、今日中に仕上げなければ次の工程へ進めない。ミーティングに間に合わなければ店の改善も遅れてしまう。小さな遅延も積み重なれば大きな時間となる。現状、オハヨーストアの手持ち資金は減る一方である。最悪の場合、倒産にもつながりかねない。だから遅らせるわけにはいかないのだ。

幸助はＩＴ部門に手入力もやってもらえないか懇願した。しかし単純作業なら自分たちでできるでしょ、と突き放されてしまったのだ。ＩＴ部門も多くの仕事を抱えている。それは分かっていたので社内では下っ端の幸助は、素直に引き下がった。

商品一つ当たりの利益は数十円。一桁の物もある。数字一つ打ち間違えればデータは不正確なものになってしまう。

入力してはチェック、そしてまた入力してはチェックを永遠に繰り返す……。

「また見にくい伝票が出てきたよ……」

幸助が手にしたのは手書きの伝票だ。

殴り書きといってもよい筆跡である。しかも豆腐の伝票だからか、一度濡れて乾いた跡がある。

更にはどう見ても商品名欄には「木綿」と「絹」としか書かれていない。一方、取り扱っている商品リストには、木綿豆腐だけでも何種類もある。

「これもまた保留だな。はぁ、疲れた」

残業でも楽しい作業ならば気分がハイになり目も冴えるのだが、単調な作業はきつい。

それでも次のミーティングまでには数十品目を確定せねばならない。幸助は「保留」と書かれたボックスに伝票を入れると、次の伝票を取り出す。最後まで仕入価格が分からなかった商品は一覧にし、オハヨーストアに問い合わせる予定だ。

「文字だけとはいえ、こうも食品の名前ばかりを見てると腹が減るなぁ……」

スーパーの取扱商品だ。伝票に記載されているのはほとんどが食品である。その中でもおいしそうな豚骨ラーメンの伝票が出てきたことで、幸助の集中は途切れる。

「よし。気分転換するか」

幸助は給湯室へ行くと冷蔵庫に常備されたリ◯ビタンDを取り出し、一気飲みする。空っぽの胃に冷たいドリンクが染み渡る。ちなみにレッ◯ブルも常備されている。ふぅ、と一息つくとデスクへ戻り、再びパソコンへ向かう。

時間は少しずつ経過していく。

静かな室内にはキーボードを打つ音だけが響いている。


「きーりたーにさん」

「なあに？」

「飽きました」

「私もだよ」

「じゃあ、気分転換しません？」

「何するの？」

「うーん……恋バナとか？」

「ププッ」

予想外の言葉に笑い出す桐谷。手で口を押え、肩をプルプルと震わす。

「桐谷さん、笑いすぎです」

「だってぇ、幸助君の口から……ププッ、恋バナ……あははは」

桐谷は堰を切ったように爆笑する。単調な作業が続き、限界が近づいていたようだ。普段のテンションと違う。しばらく続いた笑いがようやく収まると、呼吸を整え桐谷は続ける。

「それで、幸助君はどうなの？」

「えっ、何がですか？」

「恋バナするんでしょ。幸助君、彼女はいないの？」

「えっ、それはその……」

冗談で言ったつもりが本当に話を振られて焦る幸助。どうやら墓穴を掘ってしまったようだ。この会社に就職してからほどなく、学生時代から付き合っていた彼女と別れている。答えようか逸らそうか悩んでいると、先に桐谷が口を開く。

「ははぁん。それは、いないって反応だね」

「ご、ご名答……」

「って、ごめんね。実は課長から聞いてたんだ。アイツは独り身だってね」

「うぅ。ずるいです、桐谷さん」

頭に手を当て笑いながらゴメンゴメンと言う桐谷に対し、こうなったら仕返しだとばかり幸助は切り返す。

「じゃあ、桐谷さんはどうなんですか？」

「私？　いるわけないじゃない。こんな仕事してたらさ」

「即答ですね」

困った反応をするであろうと想像していた幸助は、敗北感に包まれる。桐谷の方が何枚も上手であった。

「さっ、無駄話はこれくらいにして仕事するよ」

「はぁい」

幸助はぐっと伸びをするとパソコンへ向かい直す。

再びオフィスをカタカタというキーボードの音だけが支配する。しかし途中からキーボードの音が、カチカチというマウスの音にとって変わる。

「ほら、ゲームやってる暇があったら伝票を打つ」

「あ、バレました？」

「当たり前じゃない。そんなにマウス連打してたら気づくよ」

キーボードで遊ぶゲームにしておけばよかったと思いつつ、気を取り直して幸助は伝票を手にする。


更に時計の針は回る。窓の外が白み始めてきた。

そして更に時刻が過ぎること一時間。幸助は最後の一行を入力し終えると、声を上げる。

「終わったぁ！」

「ナイスタイミング。ちょうどこっちも終わったよ」

外は完全に明るくなっている。

入社してもう幾度目の徹夜であろうか。全て終えた達成感と疲労感が同時に幸助を襲う。

「幸助君、早速データを見てみようよ」

「はい。どんな商品が出てくるんでしょうね」

そう言うと幸助は画面を切り替え、集計ボタンを押す。数秒の後、モニタには商品のリストが表示される。

「へえ、こんな商品が利益の稼ぎ頭なんだ」

「面白いでしょ。こうやって意外な商品が浮かび上がってくるんだ」

いつの間にか幸助の横へ来てモニタを覗き込んでいる桐谷が応じる。

まだ不明な商品の入力は済んでいない。それでも九割以上が反映されたデータだ。それなりの集計はできているはずである。

今度は菓子部門にリストを絞り込む幸助。

こうすれば、菓子の中での稼ぎ頭が見えてくる。一度見始めると面白い。幸助はあれこれと操作する。

「じゃあ幸助君、早速クライアントに不明商品の問い合わせと、現状のランキングをメールしておいてね」

「分かりました」

諸々の処理をこなすと幸助はモニタ上の時計を見る。時刻は午前八時を過ぎていた。早い人は既に出社している時間だ。

「桐谷さん、もう八時近いのに誰も来ませんね」

「何言ってるの。今日は日曜日だよ」

「そ、そうういえばそうでした……」

幸助の疲労感は最高潮に達するのであった。

◇

深夜残業から約一週間が経過。

オハヨーストアでの定例ミーティングの当日、幸助と桐谷は約束の時間よりも少し早く現地へ到着する。ミーティング前に、本社一階にある売り場の様子を確認するためだ。

店内を半周し目当ての売り場に着くと、幸助はある問題に目を奪われる。

「桐谷さん。売り場、全然変わってませんね……」

時刻は午後二時前。

朝の来店ピークを過ぎた売り場は、弁当などを中心に品切れが目につく。これは夕方のピーク時刻に向けて補充されるので問題は無い。

問題があるのは、魚売り場だ。

市場で仕入れた魚と漁船から直送された魚が区別されず陳列されている。小さなラベルに記載された産地を確認しなければ、どれが直送のものか判断がつかない。計画では、直送された魚の鮮度と値打ち感を演出することになっていたのだ。

それが前月と全く同じ陳列で、計画が実行された形跡が見られないのである。

「毎週送ってもらう約束の報告が無かったから薄々は感じてたけど、やっぱりね……」

ヤレヤレという顔で桐谷はぼやく。

しかし、まだ取り組みを始めて一ヶ月。計画の遅延など日常茶飯事だ。桐谷にとっては想定の範囲内である。

だが幸助にとっては初めての経験だ。今後が不安になった幸助は桐谷へ質問をする。

「桐谷さん、どうして取り組みがされてないんでしょう?」

「これは過去の事例なんだけどね……」

そう言うと桐谷は、取り組みが進まなかった過去の事例を説明する。

まず一番多い理由は「忙しい」からだ。

業績の良い一部の企業を除き、どこの企業も余剰人員を抱える余裕などない。業務改善のためコンサルティング会社を頼る状況ならば尚更である。

だから従業員一人当たりの負担も多い。日常業務をこなすだけで精一杯のところ、改善プロジェクトという新たな業務が上積みされることになる。

現場の優先順位は日常業務だ。続々と入荷する商品を店頭に並べなければ客へ迷惑をかけることにもなるし、あっという間にバックヤードには商品が溢れてしまう。

続いての理由は「横のつながりが希薄で協力が得られない」から。

オハヨーストアの場合、青果、鮮魚、精肉、惣菜は独立した部署扱いだ。これら異なった部署を束ねるのが店長なのだが、古い組織の場合、なかなか店長の声が各部署に通らないことが多い。

最後の理由は「変化を嫌う人が多い」からである。

慣れたことを変えるにはストレスが伴うものだ。今の方法を変えたくない。そう思った人は、何かしらの「やらない理由」を並べて変化に抵抗する。たとえ長期的に見れば会社にとってメリットのあることであってもだ。

「そんなところかな」

「それって、どれかが当てはまっていたら大問題ですよね」

「そう？」

「僕はそう感じましたけど……」

「よくあることだから気にしなくてもいいよ。さて、そろそろ時間だし会議室に行こっか」

「えっ？　あ、はい」

軽やかな足取りで会議室に向かう桐谷の後を、幸助は慌てて追いかける。


「すいません。お待たせしました」

幸助たちが会議室に到着してから十数分後。謝りつつ最後に現れたのは、プロジェクトリーダーであるハキハキ店長だ。体調がすぐれないのか、顔色が良くない。

「では皆さん揃いましたので、始めたいと思います」

幸助はハキハキ店長の様子を気にしつつ、ミーティングを始める。

最初に確認するのは進捗具合についてである。進んでない理由を確認し、対策を打たなければならない。

「まず、魚売り場についてです。先ほど見てきましたが、陳列が先月と全く変わっていないように見えました。何か問題などが発生しているのでしょうか？」

幸助の質問にハキハキ店長が答える。

「すいません。パートが一人辞めてしまったんですが補充が追い付かなくて、取り組む時間が確保できませんでした」

「そうですか……」

原因は先ほど桐谷が説明した理由の一つ「忙しい」であった。パートが辞めてしまうというのは幸助にとって想定外だ。これを解決するにはどうしたらよいか。幸助は少しだけ考えると続ける。

「では、採用ができれば時間の確保は大丈夫そうですか？　他の店長さんに役割分担をお願いするのもありだとは思いますが」

「パートの採用ができたら余裕もできるので、大丈夫だと思います」

「分かりました」

何らかの取り組みをしたうえで進捗が無いならば改善策の検討ができる。だが、全く取り組んでない状態でこれ以上進めることはできない。そう思った幸助は次へ進めることにする。

「では、次は重点売り込み商品についてです」

そう言いながら幸助は商品名がリスト化された書類を配る。桐谷と共に徹夜でデータを入力し、導き出された資料である。

「候補は以上の商品となります。この中から季節に合うものや特売品と連動した商品を選び、売り場を作っていただくことになります」

オハヨーストアの面々は興味深そうに資料に目を通す。九割がたデータが揃ったところで一度メールはしているが、目を通すのは初めてのようだ。

「へぇ、この商品が稼ぎ頭だとはねぇ。てっきり単価の高い米が上位に来ると思ってたよ」

「お米は他店との競争でかなり無理してたみたいです。売上額は高かったのですが、利益は控えめでした」

「ふうん、そうなんだ……」

「では、このリストを活用した具体的な売り場作りについてですが、何かアイディアがある方は見えますか？」

幸助がそう問いかけると、それまでリストの内容についてあだこうだと話していた店長たちが一気に口を噤《つぐ》む。そしてそれぞれの顔を窺う。会議室は一気に静けさに包まれてしまう。

ここで発言すると余計な仕事が増えてしまう。店長たちはそう思っているのではないかと邪推してしまう幸助。

「…………」

「……」

「少しよろしいでしょうか」

静寂を破ったのは、ここまで黙っていた桐谷だ。皆の視線が桐谷へ注がれる。

「既に当初のスケジュールから遅れが出始めています」

そう言いながら桐谷はそれぞれの店長を見回す。ばつが悪いのか、ハキハキ店長はその視線を受け止められずに逸らす。

「このままだとズルズルと遅れ続ける可能性もあります。そうなればプロジェクトは失敗する可能性が高くなってしまいます。それだけは避けなければなりません」

改善が成功しなければオハヨーストアはもちろんのこと、幸助たちのコンサルティング会社だって困る。成功報酬が回収できなければプロジェクトは赤字だ。

「私たちでは売り場は作れません。でも、チラシのたたき台を作ることはできます。そこはお手伝いしますので、今日から進めてみませんか？」

桐谷はそう言うとハキハキ店長へ視線を送る。

パートの採用を待っていては、それを理由にどんどん先送りされてしまう可能性がある。採用できたら今度は「教育に時間がかかり取り組みができない」という答えが返ってくるであろう。だから今すぐ動き出すことを促したのだ。

「……分かりました」

「チラシが変われば売り場もそれに合わせざるを得ないしね。いいアイディアだと思うよ」

息子店長も賛成のようだ。社長も桐谷の案に賛成したことで、チラシ主導で改善を進めることが決まった。

その後スケジュールの見直しやチラシの方向性を決め、二回目のミーティングはお開きとなった。

◇

幸助と桐谷がチラシ主導でプロジェクトを動かし始めたことにより、現場も動き出した。

チラシに掲載されている売り場が作られていなかったら大問題である。現場の優先順位が変わったのだ。

幸助宛に送られたメールには、変化しつつある売り場の写真が添付されていた。目玉は篭《かご》に盛られた不揃いな魚たち。一盛百円だ。それでも利益が出るとは驚きである。もちろん徹夜で導き出した稼ぎ頭商品が大量に陳列された売り場もできている。

ようやくプロジェクトが具体的に動き出したかのように見えた。

そんな矢先のこと……。


「えっ、店長が退職しちゃったんですか⁉」

三回目のミーティングも迫った頃。幸助は電話を手に素っ頓狂《すっとんきょう》な声を上げる。通話の相手はオハヨーストアの社長だ。

「競合店に引き抜かれてしまって。もちろん慰留《いりゅう》はしたのだが……」

退職したのはプロジェクトリーダーであるハキハキ店長だ。前回のミーティングの時には既に心を決めていたようである。店長の様子がすぐれなかった理由に合点がいく幸助。

本来であれば退職となれば相応の引継期間が必要である。しかし、その店長は未払い残業代や有給未消化のことを引き合いに出し、後任者も決まらぬうちに退職してしまったのだ。会社側にも責任がある。だから強く出られなかったようだ。

「プロジェクトはどうなりそうでしょうか？」

「それ以前の問題で、店舗運営をなんとか正常化せねばならない。正直、彼に頼りすぎていた面も多かったので」

「そうですか……」

「悪いが、しばらくプロジェクトはお預けになる……」

社長の声色だけでも深刻な状況がひしひしと伝わってくる。最後に幸助は分かりましたと告げ、電話を切る。

「幸助君、どうしたの？」

「オハヨーストアのプロジェクトリーダー、退職しちゃったみたいです」

「えっ、そうなの⁉　先週までは普通に進捗のやり取りしてたのに」

さすがの桐谷も動揺を隠せない様子だ。口に手を当て、目を大きく見開く。プロジェクトリーダーの途中退職は桐谷にとっても初めての経験である。


「せっかくうまくいき始めたのに……」

はぁ、と大きなため息をつく幸助。

入社してから初めて担当した案件だ。意気込みは相当なものであった。徹夜だって何度もした。しかしなかなか思い通りに進まない。正直この仕事が向いてないんじゃないかと思えてくる。そんな弱音を吐きそうになったその時、正面に座っている桐谷がパッと笑顔を作ると声を上げる。

「今日は花金だ。よし、こんな日は飲むに限るよ！　お勧めの店があるんだ。幸助君、そこに行かない？」

「花金って……桐谷さん年齢ごまかしてません？」

「レディに年齢の話をするとは失礼な。ごまかしてなんかないよっ」

「すす……すいません！」

即座に謝る幸助。入社してから身につけた処世術である。

「お勧めの店っていうのはどんな店ですか？」

「えっとね。海鮮料理のおいしい居酒屋、かな」

幸助の実家は魚屋である。家業で扱う食べ物が嫌いになる子もいるが、幸助は魚が好きだ。財布には厳しいところだが魚は捨てがたい。

何より気分転換がしたかった幸助。ほとんど考えることなく桐谷の提案を受けることにする。

「いいですね。魚は大好きですから行きましょ」

「そうこなくっちゃ。久しぶりの海鮮居酒屋、心躍るね！」

◇

「幸助君は何にする？」

「僕はとりあえず生にします。桐谷さんは？」

桐谷は「うーん」と悩みながら手書きの「本日のお勧め」に目を通す。

黒い手書き文字に所々朱色の筆が加えられている。写真も無いのになぜかそれだけでおいしそうに感じる。不思議なものである。

「おっ、海鼠腸《このわた》あるじゃん。ラッキー。ならお酒は……酔鯨にしよっと」

「桐谷さん、渋いですね……」

「この店は濡れ珍味が多いから大好きなんだ」

「濡れ珍味って何ですか？」

「読んで字のごとく、濡れてる珍味のこと。イカの塩辛とかタコワサなんかもその仲間だね。それに対してサキイカみたいなのが乾燥珍味。乾き物とも言うかな」

牡蠣《かき》の塩辛なんかもお勧めだよと言いながら桐谷は店員を呼ぶボタンを押す。「はーい」という元気の良い声とともに、一人の若い女性店員がやって来た。黒いTシャツの制服がこの店の雰囲気に合っている。

「生一つと酔鯨一合。それに海鼠腸と刺身の盛り合わせ三点盛り、ノドグロの塩焼きも」

「あ、あと枝豆もお願いします」

「かしこまりました！　少々お待ちください」

程なくして幸助の前にはビールのジョッキが。テーブルの中央には枝豆が。桐谷の前には、升《ます》に載せられた空のグラスが置かれる。

店員は一升瓶を手にすると、その場でなみなみと注ぐ。そしてグラスから溢れた酒は、升で受け止められる。

「では幸助君、お疲れ様」

「お疲れ様です」

カチンと軽くグラスを合わせると幸助は一気に半分ほど呷る。ビールの喉ごしがたまらない。

「ぷはぁ」

「いい飲みっぷりね、幸助君」

「今日は暑かったですから」

手にしたジョッキをテーブルへ置くと幸助は続ける。

「桐谷さんのお酒、酔鯨って何ですか？」

「日本酒だよ」

「おいしいんですか？」

「そりゃぁもう。幸助君はビール党なの？」

「僕はチューハイしか飲まなかったんですが、乾杯はビールだって教わって」

「あはは、部長にでも教えられたんでしょ。お酒なんて好きなのを飲めばいいんだよ」

桐谷はグラスと升を手にすると、升に溢れていた酒をグラスへ移す。

それから枝豆をつまみつつ他愛もない会話をすること数分。皿を手にした店員がやって来る。

「お待たせしました。お刺身三点盛りです」

三点盛りにしては大きめの皿をゴトリとテーブルへ置く。

刺身は氷の上に盛られており、見た目にも鮮度抜群だ。青い大葉と赤い海藻で彩が添えられている。

「おっ、来た来た。今日はマグロと鯛に、サンマか」

この店の刺身は、毎日内容が変わる。注文時に聞けば答えてくれるのだが、桐谷はこの瞬間を楽しみにしている。

「日本酒と刺身を合わせるとこれまたおいしいんだ。酒屋さんに聞いた話なんだけど、魚と酒の旨味成分が合わさってすごいことになるらしいよ」

「そうなんですか。何だか大雑把な説明ですが……おいしいってのは分かりました」

桐谷は鯛をパクリと口に放り込むと、日本酒で流し込む。そして「く～っ」と言いながらグラスを置く。二十代の女性には見えない。

そして幸助は、その様子を興味津々で観察している。

「どうした？　幸助君。日本酒に興味湧いた？」

「え、まあ、少し」

「ひと口飲んでみたら。おいしいよ」

そう言うと桐谷は自分のグラスを幸助へ差し出す。

「いいんですか？　じゃあ、いただきます」

よく冷えた酒を少しだけ口に含む幸助。すっきりと、そしてフルーティーな味わいが広がる。

「へぇ、紙パックのとは大違いですね。おいしいです！」

「そんなのと一緒にしちゃダメだよ。これ、純米吟醸《ぎんじょう》だからね。ありがたく飲むんだよ」

幸助は学生時代に友達と宅飲みした時のことを思い出す。誰かが持って来た紙パックの日本酒を大量に飲んだのだ。翌日ひどい二日酔いだったことは懐かしい思い出である。

「純米吟醸って何ですか？」

「それはね……」

幸助は桐谷のスイッチを押してしまったようだ。しばらく桐谷の口から日本酒のうんちくが語られる。

精米歩合や純米と醸造アルコールのこと。そして好きな銘柄のことなどなど……。

「日本酒はそんなとこかな。でも、おいしいお酒は他にもいろいろあるよ。焼酎もいいしワインもおいしいし。少しずつ勉強するといいよ」

「は、はい……。これから少しずつ。きっと」

社内の噂で桐谷は酒好きということは聞いていた。しかし想像以上の酒好き具合にタジタジになる幸助。しかも知識量も豊富だ。仕事上覚える必要があったのか、本当にただただお酒が好きなのか定かではない。だが幸助は後者であろうと確信した。

その後も様々な料理に舌鼓を打つ二人。次第に桐谷が饒舌《じょうぜつ》になっていく。

「もう聞いてよねー。私が子供服店の担当してるの知ってる？」

「はい」

「あのクライアントったらさ、全然やる気が無いの」

どうやらオハヨーストアだけでなく、並行して担当している案件も大変なようだ。

「どんな感じなんですか？」

「現場と社長が対立しちゃってるの。でね、社長のやる気も無くなっちゃってさ。んなもん改善するわきゃないよ」

「は、はぁ……」

桐谷の語気が荒くなってきた。幸助は少し話題を変えることにする。

「そういえば、桐谷さんは何でこの会社に勤めてるんですか？」


「手に職」

「手に職……ですか？」

「そうだよ。だって、経験を積んだら独立のチャンスもあるでしょ？」

意外な回答が返って来た。

仕事の動機は人それぞれだなと改めて感じる幸助。自分自身は純粋に困っている店の力になりたくてこの会社を選んでいる。

確かに幸助の勤める会社では、一定期間経験を積むと独立する人もいる。しかし、おかしな話ではあるが、独立すると自分自身の集客に苦戦する人も多い。体一つで始められる商売のため、競合も多いのだ。

「確かにそうですね。でも……今のままじゃ準備する時間すら作れそうにありませんね」

「そうなの。こんなんじゃいつまで経ってもチャンスなんて巡ってこないよ」

桐谷はグラスをドンとテーブルへ置く。酒は変わって芋焼酎の水割りだ。

「そうやって私みたいな女は行き遅れてくんだよねー。あははは一」

仕事の話をしていたのに話が飛躍した。スマホの画面を見ると、時刻はまだ午後十時だが、桐谷はもう限界のようである。

「桐谷さん、だいぶアルコール回ってるみたいですし、そろそろお開きにしませんか?」

「えー、もうそんな時間?」

「時間はまだ大丈夫ですけど桐谷さん、ちょっと飲みすぎみたいですし」

「まだまだへーきだよー」

「その様子がもう平気じゃなさそうです。行きましょう」

幸助は立ち上がるとレジへ行き、会計を済ます。現金で払うと昼食代が無くなってしまうので、その場しのぎのクレジットカード払いだ。

「桐谷さん遅いなぁ」

会計を済ませてもまだ桐谷はやって来ない。心配して戻ると、そこにはテーブルに突っ伏した桐谷の姿があった。

「桐谷さん……桐谷さん」

「ん? ああ、幸助君」

「ほら、帰りますよ」

「はーい」

ようやく桐谷は立ち上がろうとするが足に力が入らないのか、どさりと椅子から転げ落ちる。

「だ、大丈夫ですか⁉」

「あははははー、落っこちちゃったー」

「もう、落っこちちゃったじゃないですよ。はい」

そう言うと幸助は桐谷に手を差し出す。桐谷がその手を掴むと幸助はぐっと引っ張る。ようやく立ち上がったかと思えば、今度は幸助へしなだれかかる。

「幸助君、おんぶして欲しいな」

桐谷は耳元でそう囁くと幸助の首に手を回す。

背後から桐谷の息遣いが聞こえてくる。

幸助は一瞬ドキッとするがここは居酒屋だ。桐谷の手をほどくと正面から向かい合う。

「はあ、桐谷さん何やってるんですか……。行きますよ」

「はぁい」

バッグを手にすると桐谷は幸助に押され、歩き出す。レジの前を通過し外へ出ると、秋の夜の涼しげな風が頬をなでる。

「あれっ？　お金は……まだ払ってないよ？」

「僕が払っておきました」

「こーすけ君、おっかねもちー」

「この薄給でお金持ちなわけないじゃないですか」

「あはは、そりゃそうだ。あはははー」

この様子では電車で帰るのは無理そうである。そう判断すると、幸助はタクシーを拾う。

「はい、桐谷さん。乗ってください」

「気が利くねー。ありがと」

「自分の家、ちゃんと伝えられますか？」

「あはははー、もちろん。じゃあおやすみね」

「はい。おやすみなさい」

幸助がそう言うとタクシーのドアは閉まり、走り出す。手を振る桐谷に手を振り返しつつ、幸助は心の中で桐谷に感謝する。

（桐谷さん、ありがとうございます。僕よりも遥かにハードで責任も重い仕事をしてるのに時間を割いてくれて。僕もこんなことでめげてないで、もっと頑張らないとな）

そう決意しつつタクシーが見えなくなるまで見送ると、幸助は駅へと足を進める。

◇

「このプロジェクトの目的が共有できていないような気がします！」

店長退職事件から一ヶ月後。オハヨーストアの会議室には再びプロジェクトメンバーが集結している。後任の店長も決まり落ち着いてきたため、プロジェクトを再開したいと連絡が入ったのだ。

新しい店長は、幸助とほとんど変わらない歳に見える。適任者がいなくて消去法で決められた店長だ。

今話し合っているテーマは、プロジェクト開始後の現場の様子だ。取り組みは進んでいるように見えたのだが、ちぐはぐな売り場になっているなど粗が多い。そこで現場に聞いてみると、面倒だのやる意味が分からないという声が挙がって来たのだ。店長自身さえそう思っている節もある。その状況を見かねて、桐谷が先の言葉を発したのだった。

「目的……？　それは売上と利益を増やすことでは？」

のんびり店長がそう答える。

それは間違っていない。だが、目的はそれだけではないのだ。もっと根本的な部分がある。

「社長。最初にお会いした日、私たちに教えていただいたあの話。店長さん達にはお話しされました？」

桐谷の問いかけに無言で首を横に振る社長。

あの話とは、桐谷がオハヨーストアの改善は絶対に成功する。そう確信するに至った社長の想いである。その時はコンサルティング打診の段階であったため、店長たちは同席していなかった。

「改善を成功裏に終えるには、何より社長の想いが大切です。社長。今この場であの話をしていただけないでしょうか？」

「そんな話をして意味があるのかね？」

「大いにあります。私たちが改善に取り組んでいる理由、そして社長が会社を経営している理由は同じですよね？　今、心を一つにしないと、このままダラダラ改善が進まないままになってしまいます」

娘ほどの年頃である桐谷からの言葉に社長は一瞬ムッとするが、すぐに元の表情に戻る。社長自身もプロジェクトの遅延は危惧していた。早く実績を出さないと資金が枯渇してしまうからだ。

それに今まで想いを話さなかった理由は大した理由ではない。ただ照れくさかったからだ。昔は黙っていても勝手に察してくれて、ついてくれる人がいた。だからそんな話をしなくてもよかったのだ。だが今は違う。

「社長の想い……経営の目的はちゃんと口にしないと伝わりませんよ」

想いは口にしないと伝わらない。以心伝心の文化で長く生きてきた人にとって、理解に苦しむ事実である。

しかし桐谷の言う通り、それを話すことでプロジェクトが進むならば、照れくささなど安い犠牲である。そう心の中で折り合いをつけた社長は、ようやく重い口を開く。

「もっと地域の人に魚を食べてもらいたい……」

次の言葉が続かない。

「……」

「健康は食から。魚は元気の源。そう考えてらっしゃるんですよね？　社長」

桐谷のフォローに頷く社長。

魚が日本の食卓にあまり顔を出さなくなったという報道を目にすることがある。調理の手間がかかる。小骨が苦手。肉の方がおいしいなど、理由は様々だ。

だが日本人は根本的に魚が大好きだ。でなければ回転ずしがこれほど流行るわけない。社長はそう考えていた。

その想いから一部の人を敵に回してまで漁船直送の仕入ルートを開発。長年の努力が実を結び「魚ならオハヨーストア」と言われるまでに至ったのだ。

しかしそれが資金力を持つ競合店の進出で一気に崩壊。

何とかしようと次々と指示を出すものの場当たり的な対策はどれも実を結ばない。負のスパイラルに現場のモチベーションは低下する一方であった。

「この会社はな、戦後両親が開いた小さな鮮魚店が創業の原点だ。今はもうシャッター通りになってる商店街でな。当時はお客がひっきりなしに買い物に来てくれていて、両親は皆の顔を覚えていたんだ。そんな両親の背中は誇らしかった……」

ポツポツと言葉を紡ぎだした社長に会議室のメンバーは耳を傾ける。時代は違えど、幸助の育ってきた環境に似ている。

「昔はどこの家庭でも家で調理した魚を食べていたもんだ。旬の魚は本当においしいぞ。焼きたてのプツプツ音を立てる脂、甘い身、パリッとした皮。塩があれば味付けはそれでいい。家でそれが食べられないなんて想像もできない。日本人は魚を食べてここまできた。だからもっと魚を食べた方がいいんだ。ファストフードよりも遥かに健康的だと思わないか？　子のことを考えない親なんていない。魚の良さを理解してもらえれば、もっと買ってもらえるはずだ。だから我が社は『魚ならオハヨーストア』と言われるようにやって来たんだ。小骨が苦手なら骨ごと食べられるレシピを教えてあげればいい。肉より高いなら安く提供できる工夫をすればいい。それに今は惣菜部門もある。調理が苦手なら惣菜で調理済みのものを提供すればいい。そうは思わないか？」

ぶっきらぼうな語り口ではあったが、店長たちはそれぞれ感じるところがあったようだ。今までの点と点でしかなかった取り組みが、線でつながったようである。

「いろいろやって来たことが今、つながりました」

そう口にしたのは新任店長だ。一見脈略の無い指示が数多く出されていたため、右往左往していたのだ。

「社長……。だからレシピを印刷したものを並べるとか、惣菜のメニューを増やすって言ってたんですね」

「親父、いや、社長。もっとそれを早く言ってくれればよかったのに」

同じ屋根の下に住んでいる息子店長でさえ初めて聞いた話だったようだ。

ただでさえ忙しいのに何の脈略も無しにあれこれ指示を出されても、現場は戸惑うだけである。それだけならまだしも反発を招く可能性すらある。中小企業ではよくあることだが、社長の想いや経営理念を従業員と共有するのは大切なことである。それが行動するための「理由」になるのだから。

「……皆、悪かった」

「社長、話していただいてありがとうございます。何だかすっきりしました」

のんびり店長の言葉に皆が頷く。

店長たちには社長の想いは伝わったようだ。会議室の雰囲気が柔らかくなってきたところで桐谷が会議を本来のテーマへ戻す。

「というわけで、みなさんガンガン魚を売っていきましょうね！　では具体的な売り場作りについてですが、幸助君。例の説明、よろしくね」

桐谷の言葉で幸助はテーブルへ資料を広げる。実際に他店を視察して撮影した写真や、ネットから拾ってきた写真などだ。皆その写真をしげしげと眺める。

「ここに並んでいるのは僕たちがイメージしている『活気のある魚売り場』に近い写真です。せっかく漁船直送ですので、この写真みたいに大漁旗を掲げたりしてみませんか？」

漁船の船長さんの言葉なども載るとよりリアリティが出ます、と幸助は続ける。

「それ、いいですね！　早速取り組んでみたいです」

声を上げたのは新任店長だ。他の店長も面白そうだという表情をしている。良い感触を感じた幸助は更に続ける。

「それで活気のある売り場と連動したチラシについてなんですが、もう思い切って紙面の半分を魚にしちゃってもいいと思うんです。旬の時期とかどんな食べ方がおいしいとか、掲載していいのは品名と価格だけではありませんから」

そう言うと幸助はテーブルの上にある現状のチラシに目を落とす。各部署の取り扱っている商品が均等に割り当てられた構成だ。ほとんどが品名と価格だけの構成である。これも幸助と桐谷が先導して作成したチラシだが、表現はかなり控えめの状態である。スーパーのチラシとしては一般的な構成であるが、飛び抜けた魅力は感じられない。

「でも、鮮魚部門以外から反発がありそうだよ？　自分たちの担当部署の売上が減っちゃうってね」

そう言ったのは息子店長だ。確かに鮮魚部門の面積が広がるということは野菜や肉など他の部門が割を食うことになる。

「はい。その可能性は確かにあります。そこは先に社長がおっしゃった『想い』を各担当者にも伝えて一丸となっていただくしかないですね。それで店全体が盛り上がれば他の部門の売上も引き上げられるはずですから」

活気に溢れたミーティングはその後もしばらく続く。

◇

それから一ヶ月後。

幸助と桐谷は久しぶりにオハヨーストアを訪れる。そしてそこで展開されていた状況に度胆を抜かれる。

そこで二人が目にしたもの。それは劇的に改善された売り場だった。メールで進捗確認はしていたものの、実際に目にするとその印象はまた違う。

「すごい活気を感じますね」

「うん。どれもおいしそうだよ」

何より目を引くのは大きな大漁旗だ。「第十幸福丸」という船の名前も入っている。これがあるだけで一気に漁船から直送というイメージを感じられる。

そして売り場や駐車場に何本も立てられた「漁船直送」の幟《のぼり》がそれを後押ししている。

もちろんチラシにも大きく手が入れられている。打ち合わせ通り紙面の半分ほどは魚関連のスペースになっていた。

入荷予定の魚と価格を記載することはもちろん、社長のこだわりも明文化されて載っている。天候不順などで入荷できなかった場合はゴメンナサイという潔さも、意外なことに好感を持ってもらえているそう。

魚売り場だけでなく、稼ぎ頭商品の売り込みもできている。季節ごとにテーマを決め、一週間ごとに売り場を作り替えてもいる。客からは、来るたびに意外な発見があって楽しいという声も聞かれるようになった。惣菜の新メニューはまだ開発中だ。どのようなものが完成するか楽しみである。

「すごく魅力的な売り場になりましたね」

会議室で幸助は正直な感想を漏らす。

「おかげさまで、お客さんからの反応も上々です」

そう答えたのは新任店長だ。最初は頼りなかったが、早くも店長の風格を身に纏っている。

「数字的な実績はどうですか？」

「利益は月末で締めてみないと正確な数字は分かりませんが、売上は確実に伸びてます」

それなりの規模のスーパーであれば毎日の利益が手に取るように分かるシステムが入っている。

しかしオハヨーストアは小規模な会社だ。月が明けてから二週間ほど経たないと利益は分からない。

ただ、売上が伸びているということで幸助は安堵する。無理して安売りしていた商品を少しずつ適正価格に戻していたので、それがどう影響するか心配していたのだ。

そしてあれよあれよという間に数ヶ月が経過。

年も明け、改善計画実施期間も終了。今日は契約の最終月の実績が出る日だ。

定例ミーティングはもう終了している。だからオフィスで結果のメールが来るのを待つだけである。

幸助は落ち着かない様子でメールをチェックする。まだ届いていない。経験豊富な桐谷もそわそわしているようだ。もう何十回、新着メールを確認しただろうか。時は経ち、夕方。待ちに待ったオハヨーストア新任店長からのメールが届く。

「桐谷さん、メール来ました！」

「どう、結果は？」

幸助はマウスを操作し、添付ファイルを開く。画面に数字の羅列が映し出される。半年前はこの表にめまいを覚えた幸助であったが今はもう慣れた。さっと下にスクロールすると、目的の欄に視線をやる。

そこに記載された数字。三店舗合計の利益率を見る。

「桐谷さん……」

そう言うと幸助はゆっくりと桐谷へ視線を向ける。表情は固いままだ。

「何、ダメだった？」

桐谷は両手を祈る形で組みながら、幸助からの視線を捉える。その目からは不安が感じ取れる。

「……」

「……」

「目標…………達成です！」

「ほんと⁉　やったね！」

満面の笑みを浮かべる桐谷。幸助の横へ駆け寄り、モニタを確認する。

目標としていた利益率は二十三パーセント。それに対し実績は二十三・五パーセント。更には売上も増えている。文句なしの成功と言っていいだろう。

添付ファイルを閉じると、幸助はメール本文に目を通す。そこには社長からのメッセージも添えられていた。協力に感謝するといった内容であったが、幸助は最後の一文に複雑な心境になる。

「辞めてしまった店長には苦労ばかり掛けて、この喜びを共有できなかったのが唯一の心残り……か」

「確かに。もう少しタイミングが違ったらまた状況は変わってたかもしれないからね」

「経営って難しいですね」

「そうだね」

もしかしたら店長が辞めてしまうことなく改善を成功させる道程もあったのかもしれない。

社長の想いを一番最初に共有していれば。最初から店長以外がプロジェクトリーダーを務めていればなど……言い出したらきりがない。

しかし、プロジェクトがスタートした時点ではそれが最善であると二人は確信していた。そうでなければ最善だと確信できるまで改善計画を練り直していたはずだ。蓋を開けてみないと分からないことだらけの世界だ。「こうだったら」「こうしていれば」は通用しない。

「変化には痛みが伴う……か」

幸助はそうつぶやくと窓の外へ目を向ける。季節は真冬。もう完全に日は暮れている。

「桐谷さん、今日はもちろん打ち上げですよね」

「当ったり前だよ」

「店は前に二人で行った海鮮居酒屋でいいですか？　おいしい日本酒と合わせてみたいです」

「もちろん！　幸助君も日本酒？　心躍るね！」

あとがき

商売って大変ですよね。特に長く続けるのは。

私の家の近くにパスタ屋さんがあります。夫婦で営んでいる小さな店です。二十年近く通ってますが、今も変わらずおいしいパスタを食べさせてもらっています。トマトソースのパスタは私の大好物。バジルは入っていませんが。

他にも長く通っている店はたくさんあります。定食屋にインドカレー屋、うどん屋などなど。どれも無くなったら寂しい店ばかりです。


「小さくてもいいから自分のお店を持ちたかった」

ある日そんな想いが綴られた飲食店の開店を知らせるチラシが新聞に折り込まれていました。場所は自宅のすぐ裏。テーブル三席だけの本当に、本当に小さなオムライス屋さんです。

食べるのが大好きな私は、もちろんすぐに食べに行きました。こだわりと書かれた、ふわトロのオムライス。それはもう美味でした。

しかし、その店は一年経たずして無くなってしまったのです。せっかく夢だった店を構えられたのに……。

商品は良いにもかかわらず続けられる店とそうでない店があります。不思議ですよね。本作に登場した店たちも、皆そうでした。味や品質は良いにもかかわらず他に足りてないことがあったばかりに廃業寸前まで追い込まれていました。

そこに突然現れた幸助が問題点を見抜き、力を合わせて解決していきました。

実際にはこの物語のように、こんなに簡単に経営は改善できません。文字通り試行錯誤が必要です。私も経営者の端くれとして日夜奮闘しています。良い時も悪い時も経験しました。だからそれはよく分かります。でも「かいぜん！」はビジネス書ではなくエンターテイメントだからこれでいいんだと思います。

本作が仕事の合間の癒しになったり、マーケティングの本に触れるきっかけにでもなったならば、嬉しく思います。

最後に、駄文を作品に仕上げてくださったTOブックスの皆様、素敵なイラストを描いてくださった堀泉インコさん、そして本作を読んでくださった皆様に感謝申し上げます。

二巻は十一月発売予定です。

魔道具店に靴屋、造船工房が舞台となります。それぞれの店はどのような悩みを抱え、幸助はそれをどのように改善するのか。お楽しみに。

二〇一五年九月　秦本幸弥

かいぜん！　～異世界コンサル奮闘記～

2015年11月1日　第1刷発行

著　者　秦本幸弥

発行者　東浦一人

発行所　TOブックス
〒150-0045
東京都渋谷区神泉町18-8　松濤ハイツ2F
TEL 03-6452-5678（編集）
0120-933-772（営業フリーダイヤル）
FAX 03-6452-5680
ホームページ　http://www.tobooks.jp
メール　info@tobooks.jp

印刷・製本　中央精版印刷株式会社

ISBN978-4-86472-432-6

Printed in Japan